本書由河南大學黃河文明省部共建協同創新中心資助出版

李卿穀集

〔清〕李卿穀 著
梁振杰 點校

中州古籍出版社
·鄭州·

◎清代中州名家叢書

圖書在版編目（CIP）數據

李卿穀集 /（清）李卿穀著；梁振杰點校．—鄭州：中州古籍出版社，2022. 7
（清代中州名家叢書）
ISBN 978-7-5738-0212-5

Ⅰ．①李…　Ⅱ．①李…②梁…　Ⅲ．①古典詩歌－詩集－中國－清代　Ⅳ．①I222.749

中國版本圖書館 CIP 數據核字（2022）第 061262 號

LI QINGGU JI
李卿穀集

出 版 人　許紹山
策劃編輯　馬　達
統　　籌　劉　曉
責任編輯　張　雯
責任校對　唐志輝
裝幀設計　曾晶晶

出 版 社　中州古籍出版社（地址：鄭州市鄭東新區祥盛街 27 號 6 層　郵編：450016　電話：0371-65788693）
發行單位　河南省新華書店發行集團有限公司
承印單位　河南瑞之光印刷股份有限公司
開　　本　890 mm × 1240 mm　1/32
印　　張　11.25
字　　數　210 千字
版　　次　2022 年 7 月第 1 版
印　　次　2022 年 7 月第 1 次印刷
定　　價　48.00 元

弁言

李卿穀，字紅樵，號西園，河南光州固始（今河南固始）人。生於清嘉慶二年（一七九七），卒於咸豐四年（一八五四），終五十八歲。

道光二年（一八二二），卿穀中舉人，後任四川長寧知縣，纍擢湖北督糧道，署按察使。卿穀爲政，勤勉恤民，興教化，勵俊髦；治獄以情，繕城郭，行保甲；所到之地，皆有异政，曾被薦爲蜀中循良第一。咸豐四年（一八五四），太平軍攻陷武昌，湖北巡撫青麐敗逃湖南。或勸其急隨巡撫走，然卿穀堅守武昌，題絶命詩，盡忠殉難。其子孟群聞父殉難，誓滅賊復仇。後百二十日，清軍克復武昌，孟群奔赴父死所，慟哭收殮，一軍感動。其事狀上達朝廷，詔贈布政使，予騎都尉世職，敕建專祠，謚湣肅。因其『效命戎行，守陴徇義』，入昭忠祠，以『褒忠節，勸來者』。同治即位，稱其『父子殉節，忠烈萃於一門』。

卿穀早慧，少有才名，六歲解賦詩；於書無不讀，雖歷官，未嘗廢。出仕爲政，四處奔波，著述不輟，尤工於詩。有《西園詩鈔》及《外集》刊世，其他文辭著述，遇難多佚。《西園詩鈔》爲作者生前刊刻本，選編完成於道光二十七年（一八四七），刊刻於道光二十八年（一八四八）。《西園詩鈔》凡八卷，著録李卿穀九歲至五十歲古近體詩，計六百七十首。卿穀之詩，爲文人仕宦者之作。从詩之内容看，有歷官赴治途中所見、所感、所思之作，有咏史憑吊之作，有恤民慰民之作；然而，更多的是寫景、咏物、紀行、抒懷之作與酬和、贈答之作。卿穀爲詩，衆體兼備，古體、近體皆能爲之，律詩、絶句、古風、排律於《詩鈔》中時時可見。卿穀之詩，無論古體，抑或近體，多工整和律；平仄、粘對、拗救、對仗、韵脚亦多符合詩體之要求。卿穀之詩，喜用古字、古語，典雅平正；然又不避俗字俗語，時時活氣可喜。其最動人者，余以爲是寫田園景物之詩，可謂佳句天成，自然混融。往往景中有情，物中有人，辭句清新，而意藴豐富，韵味悠長。

本次整理出版《李卿穀集》，以上海古籍出版社出版的《清代詩文集彙編》中收録的清道光二十八年（一八四八）西園李氏刻的《西園詩鈔》爲底本。原版中的重文符號略去，以文字代替。原版中有些虚字（如『于』）的運用，顯然不合清代漢語習慣，但作者慣用，爲保留作品原貌及作者用字習慣，亦不作改動。原版中存在雕版錯誤的文字，在文中直接改動。書末附王柏心《布政使銜署湖北按察使原任督糧道愍肅李公墓志銘》。

删詩

道光戊申西園李氏雕本

詩味美於回，詩思流不竭。必有真性情，方有古音節。風景列當前，前人語親切。不經體會出，好句亦剽竊。振擲發謳吟，中心伸鬱結。最低秋蟲聲，空階但嗚咽。我詩千餘篇，篇篇多淺劣。硯田亦已荒，蕪穢難剔抉。欲質大將門，蔣子瀟王季鴻悵遠別。鵝溪老詩人孙草桥，久未攀高潔。同志如林宗郭蕺香，阿好不肯說。撫卷日低徊，存删兩不決。忽悟三百篇，賦比興三訣。持以律吾詩，非此都不掇。

道光二十有七年嘉平月，中州紅樵氏李卿穀作於西蜀涪州官舍。

目録

卷第一

九歲習聲律　祖母周恭人壽日命咏桂花……一
元旦二咏……一
之一……一
之二　爆竹……二
課黄梅限七陽韵……二
立春前已有春意……三
題天竹水仙……三
曉起……三
春陰……四
城南晚眺……四
新月……四

之四……九
過城南前明給諫張公墓……九
之一……九
之二……一〇
見志詩……一〇
晚景……一一
雪……一一
晴……一一
芥子園五咏……一二
辛夷……一二
古桂……一二
老梅……一二
海棠……一二
垂楊……一三
春游……一三

捉月圖……一四
東津晚渡……一五
賀元梅卿新娶……一五
之一……一五
之二……一六
之三……一六
之四……一六
游河東寺……一六
張仙墳……一七
訪定上人不遇……一七
弋陽漫興……一八
之一……一八
之二……一八
贈友人家居……一九
送人就昏京師……一九

之一……一九
之二……一九
園中花木盛開，童子攀折過甚，感而作此……二〇
落花六首……二一
落花色……二一
落花香……二一
落花聲……二二
落花影……二二
落花魂……二二
落花瓣……二三
秋日同蔣子瀟茂才、王懺生孝廉郊外晚眺……二三
過舊游……二四
自號紅樵倩人作畫……二四
訪僧……二四
宿田家……二五

卷第二

送王春綬張春農入都……三〇
即景……三〇
山南路……三〇
古怨……三一
春閨……三二
之一……三二
之二……三二
初度……三三
出門……三三
西華晚泊……三四
早發……三四
帆……三四
纜……三五
道旁柳……三五

咏柳……三六
漢苑柳……三六
隋堤柳……三六
金城柳……三六
白門柳……三六
灞橋柳……三七
訪友人……三七
春閨……三七
之一……三七
之二……三八
春去……三八
過廢園……三八
和有人初度書懷原韵……三九
雨夜……三九
冬晚道上……四〇

冬夜即事……四〇
乳香臺……四〇
擇茶詞……四一
讀書麻埠病中憶舊……四二
肄業山中，冥然絶他想。風雨連旬，聞猿鳥之音，歸思頓作。因思古之含酸茹嘆者，莫不有觸而然也，作《猿鳥篇》……四二
閨情……四三
夕陽……四四
泗洲廟……四四
之一……四四
之二……四五
春日田家……四五
之一……四五
之二……四六
之三……四六

之四……四六
溪上……四七
雨中出游……四七
櫻桃花……四八
燕……四八
古意……四八
秋柳詞……四九
月夜書懷寄王春綬……五〇
高士傳……五〇
淮陰侯……五〇
留侯……五一
司馬長卿……五一
秋闈報罷示友人……五一
之一……五一
之二……五二

閑情……五二
擬古……五三
冬夜讀書……五四
春眺感舊……五五
送王同村孝廉之虞城兼懷其弟𢥞生孝廉……五五
舟次晚眺……五五
朱仙鎮遇雨……五六
弃婦詞……五六
寓言……五七
秋晚……五八
題店壁……五八
麗人行……五八
湖上行……五九
國大夫祠……五九
曉行……五九

旋里……六〇
述感……六〇
寄題……六一
之一……六一
之二……六二
客館漫興……六二
奴子夜行嘆……六二
冬日曉歸……六三
述懷……六三
憶舊……六四
夜憶王春綬北行……六四
放言……六四
報解日，鵲聲繞屋，蛛絲黏衣，喜而志之……六五
之一……六五
之二……六五

前固始令楊公汝楫，今貳尹建元先人也，疏通河渠，興復閘壩，利澤悠長，邑人廟祀之。貳尹來，復爲修葺，詩以紀事……六六

卷第三

新鄭道上……六九
曉渡黄河……六九
渡河步龍溪韵……七〇
湯陰岳少保祠……七〇
邯鄲……七〇
臨洺關……七一
龍興寺……七一
下第步龍溪韵……七二
出都……七二
涿州道上……七三
趙北口……七三

之二……七七
之三……七八
之四……七八
之五……七八
之六……七八
之七……七九
之八……七九
之九……七九
之十……八〇
題王懺生薜廊鎖紀……八〇
之一……八〇
之二……八〇
贈孫硯香畫師……八一
之一……八一
之二……八一

渡汶水……八二
晚渡……八二
朝發銅城驛至東阿……八二
管氏三歸臺……八三
項王墓……八三
東阿道上……八四
之一……八四
之二……八五
穀城山下黄石……八五
古寺……八六
文信國吊古處……八六
又作文信國吊古處……八七
歸途……八七
任邱苦熱……八七
宿德州……八八

食瓜戲作……八八
余二十初度有詩，今年屆三十，壯不如人，下第南歸，倉皇道左，有感往昔作此……八九
琴臺……九二
草橋……九二
之一……九二
之二……九二
單縣劉氏園亭……九三
阻雨……九三
有感……九三
歸題内書室……九四
祭先大父觀察公墓……九四
放懷……九五
亦岩叔置二姬，一雙杏，一雙桂。舊有杏桂聯芳軒，因室命名，徵題賦此……九五
題蔣子瀟春山侍硯圖……九五
題載花春泛圖……九七

之一……九七
之二……九七
之三……九七
之四……九八
題鄭香尉朵蘭圖……九八
窮居……九八

卷第四

詩卷紀事……一〇〇
將之大梁出裏門有感……一〇〇
宿郊外……一〇〇
貧家女……一〇一
卜宅……一〇一
出西平遇游女歸車……一〇三
上元宿許昌……一〇三

寄篷室……一〇三
道上行……一〇四
桂枝曲……一〇四
叠前韵……一〇五
登吹臺……一〇六
宿六安藕塘……一〇七
舒城……一〇七
偶作……一〇七
寒蟬……一〇八
渡黄河……一〇八
老兵行……一〇九
邯鄲道……一一一
除夕宿白河感懷……一一三
之一……一一三
之二……一一三

之三……………………………………………………………一一三
之四……………………………………………………………一一四
題武部丁丈樹本詩集……………………………………………一一四
黄金臺……………………………………………………………一一五
醉後書懷…………………………………………………………一一六
夏日同沈秋漁、駕部徐伯華、太史王春巖、儀部王春綬飲尺五山莊……一一六
先君題洛神一絶，忘首聯，友人索題足成之……………………一一六
饋丁丈齊山茶……………………………………………………一一七
題畫蘭册子………………………………………………………一一七
之一……………………………………………………………一一七
之二……………………………………………………………一一七
之三……………………………………………………………一一八
之四……………………………………………………………一一八
之五……………………………………………………………一一八
之六……………………………………………………………一一九

桐花鳳……一一九
之一……一一九
之二……一一九
之三……一二〇
之四……一二〇
都門雜感……一二〇
之一……一二〇
之二……一二一
之三……一二一
之四……一二二
之五……一二二
之六……一二二
之七……一二三
之八……一二三
留京邸未歸……一二四

春至秋暮家書未至……二二四
冬夜……二二四
都門除夕……二二五
立春日雪用尖叉韵……二二五
之一……二二五
之二……二二六
夜夢歸家仍用尖叉韵……二二六
之一……二二六
之二……二二七
步東坡除夕詩三首送鄭春溪屯田……二二七
饋歲……二二七
別歲……二二八
守歲……二二九
陽湖史烈婦詞……二二九
龍樹寺……二三一

陶然亭春望……一三一
獨眺……一三二
秋影山房雜咏……一三二
之一……一三二
之二……一三二
之三……一三三
之四……一三三
之五……一三三
之六……一三三
梅妻鶴子圖……一三四
梅花……一三四
之一……一三四
之二……一三五
次胡雪門除夕原韵……一三五
別塾晚步寄袁龍溪……一三六

昆明湖……一三六
患之甚者，必有物以憑之。昌黎《逐瘧詩》《送窮文》，一禳逐，一解嘲也。病齒創甚，無計遣除。偶倣其義，名曰《驅牙蠹》。假管城子之靈，或療吾患乎？……一三六
對鏡……一三八
之一……一三八
之二……一三八
書懷……一三八
清明同友人登陶然亭……一三九
早春移帳海淀，五月復還，舊齋道上口占……一三九
喜田胡文圃同年得家耗……一三九
戲題詩卷後……一四〇
春泛圖……一四〇
雜詩……一四一
之一……一四一
之二……一四一

之三……一四一
之四……一四二
送王麓閣返霍邱……一四二
晚步宜園……一四二
秋林合樂圖爲蔡祝封題……一四三
贈祝閬峰學博林……一四四
山花……一四五
下第……一四五
西山……一四六
題郝柳川同年韶景南鴻詩草……一四六
冬晚書懷……一四七

卷第五

小引河阻雨題壁……一四八
贈陳州賈秀才超凡即以留别……一四八

即席留別諸友兼致同年郝二 …… 一四九
慈母壽辰途中恭紀 …… 一四九
謝樂陵令宗燮堂同年元醇 …… 一五〇
賢良門引見恭紀 …… 一五〇
下第後謁薦師諶保初先生 …… 一五一
菘 …… 一五一
之一 …… 一五一
之二 …… 一五一
之三 …… 一五二
之四 …… 一五二
秋雨連旬夜不成寐 …… 一五二
醉後步南岡 …… 一五三
晚步即目 …… 一五三
曉歸 …… 一五三
歲雲暮矣，逋負纍纍，而待我舉火者復多，自愧澀囊。於孝友睦姻任恤之道概有闕

焉。中宵不寐，書成一律……一五四
臘日饋李白倩米肉……一五四
畫景……一五五
弋陽歸里……一五五
出北郊至先兄墓即目……一五五
江夏龔懷琴作三峽圖見贈賦答……一五六
有所訪不遇……一五六
過亡侄惠蘭殯所……一五六
獨坐……一五七
中秋待月……一五七
奉侍入蜀黄岡道上二首……一五八
之一……一五八
之二……一五八
將抵夏口……一五九
重登黄鶴樓……一五九

鸚鵡洲懷古……一五九
靖江王廟……一六〇
新堤晚泊……一六〇
楊陵磯……一六一
舟出巴陵……一六一
入夜……一六一
晚泊登岸散步……一六二
石首縣……一六二
鑷髭……一六三
小病經旬卧不安枕夜作……一六三
曉醒……一六三
至荆州有感……一六四
登沙市觀音寺古塔……一六四
虎牙灘……一六五
新灘……一六五

登江樓……一六六
之一……一六六
之二……一六六
過歸州……一六六
船頭兀坐見懸崖上有人對飲……一六七
月夜聞猿……一六七
巫峽……一六八
瞿塘峽……一六八
白帝城……一六九
論詩……一六九
述懷……一六九
下崖寺……一七〇
萬縣道上……一七二
述志……一七二
之一……一七二

之二……一七二
飛瀑……一七三
之一……一七三
之二……一七三
過松樹坡賽白兔二山……一七三

卷第六

丁酉二日新市曉發……一七四
射洪道上……一七四
三江鎮……一七五
新嫁娘……一七五
謁武侯祠……一七五
草堂寺謁少陵先生像……一七六
游昭覺寺……一七六
再游薛濤井……一七七

出東郊……一七七
爲潘孝廉時彤題桃李山房圖……一七八
之一……一七八
之二……一七八
題鄭刺史之彪西窗話雨圖……一七八
爲全暢園題其尊人菊莊太守合樂圖……一七九
南郊即目……一七九
寶黼廷繪所畜馬於鄭藹人素箑，越日馬死，寶之技神哉，藹人什襲之，索題賦此……一八〇
秋闈月夜内監試楊未禪刺史索題消夏圖……一八〇
分校……一八一
之一……一八一
之二……一八一
灌口望青城山……一八一
司馬相如墓……一八二
楊子雲墓……一八三

有感……一八三
戊戌人日張香亭羽士招集紫陽洞賞梅分韵得淺字……一八三
東郊即景……一八五
黄嵋樵邀集草堂修禊，余以丞相祠小飲未往，同人爲分韵得氣字……一八五
題趙眉伯榆陰送别圖……一八六
題眉伯蘭堅閣詩稿……一八六
郊外晚歸……一八七
送齊禮堂軍門慎移麾滇南……一八七
鍾馗夜歸終南圖……一八七
將之官剛氏留别同人……一八八
五月十三日猪頭埡祭風洞……一八九
九月二日同達湘岩明府、李亞白學博謁太白祠……一八九
陪鄧樹堂太守游竇圖山……一八九
悼張箎室……一九〇
絶句八首……一九〇

之一……一九〇
之二……一九一
之三……一九一
之四……一九一
之五……一九一
之六……一九二
之七……一九二
之八……一九二
除夕前一日中壩晚歸……一九三
落鳳坡……一九三
天輪寺曉發……一九三
匡山望讀書臺距匡山數里爲點燈山，相傳太白讀書處，夜輒有光……一九四
秋夜感懷……一九四
因四十頭顱猶止此句復作長古……一九四
荆江口阻風……一九五

壬午舉賢書謁房考龍澤堂先生於上蔡，忽忽二十年矣。哲人已萎，舊治重過，
賦詩志慟 …… 一九六
感舊詩并序 …… 一九六
王廉訪庭蘭 …… 一九六
華上舍建寅 …… 一九七
沈秀才六雅 …… 一九七
家捷桐茂才 …… 一九七
費同年湘颿 …… 一九八
吴明府豐培 …… 一九八
梁明經廷獻 …… 一九八
李少府春園 …… 一九八
元少尹維勛 …… 一九九
蔣明經湘南 …… 一九九
胡孝廉彩元 …… 一九九
王學博恩泰 …… 二〇〇

葛翁樹蕃 …… 二〇〇
周廣文振鋭 …… 二〇〇
憶同年 …… 二〇一
之一 …… 二〇一
之二 …… 二〇一
之三 …… 二〇一
王吏部樹德 …… 二〇二
丁太史彦儔 …… 二〇二
塔侍衛克慎 …… 二〇二
張禮部澧翰 …… 二〇二
蔣大令予檢 …… 二〇三
劉介眉壽耆范方湖椝坊 …… 二〇三
袁龍溪象緯胡雪門禮箴 …… 二〇三
舟行紀事 …… 二〇四
之一 …… 二〇四

之二 …… 二〇四
之三 …… 二〇四
之四 …… 二〇五
宿小引河見七年前題句再叠前韵 …… 二〇五
夢中題吴橋生觀察來山閣，醒而書之 …… 二〇五
和張邑令庭瑜詩原韵 …… 二〇六
和華琪生五十得子詩原韵 …… 二〇六
杏林煮丹圖 …… 二〇七
之一 …… 二〇七
之二 …… 二〇七
贈張山人 …… 二〇七
之一 …… 二〇七
之二 …… 二〇八
題春風采芝圖 …… 二〇八
之一 …… 二〇八

之二……二〇九
題祝秀才二圖……二〇九
名馬……二〇九
古劍……二〇九
詠古……二一〇
十一月十五日葬張篴室于梅花隴……二一〇
霍邱道上……二一〇
西園留别……二一一
之一……二一一
之二……二一一

卷第七

武陟道上……二一三
河陽懷古……二一三
驪山曉發……二一三

病中吟……二一八
放舟至廣元縣……二一九
覺苑寺步陸放翁詩碑韵……二一九
道上古柏……二二〇
將權郫縣，潘紫垣喬梓有詩贈行賦答……二二〇
雨中探梅和眉伯韵……二二〇
彈琴……二二一
明趙忠毅公鐵如意歌……二二一
題黄嵋樵馬湖運糧圖……二二三
和趙眉伯海棠……二二三
散衙晚坐……二二三
望叢祠……二二三
壽王雪嶠培荀六十……二二三
其一……二二三
其二……二二四

犀浦……二三四
秋日晚歸……二三五
其一……二三五
其二……二三五
即景……二三五
秋夜……二三六
汶陽新廟秋祭禮成座上口占……二三六
于役都江封堰禮成……二三七
長夜……二三七
撫孤圖爲歐陽光上舍楷題……二三七
署東偏古木參天，三月杜鵑徹夜鳴，其音淒然，土人云望帝魂也。反子美之意作
杜鵑行……二三八
憶鶩溪孫布衣……二三〇
春日書懷……二三〇
幽蘭……二三〇

大木……二三二
白玉……二三二
即景兼懷古人……二三三
愁懷振擱夜不成寐早步郫筒亭……二三三
將行……二三三
周慰村澤濃郫明經也，居近闤闠，不履公庭，頃以文字交，得攀風雅，清操介節不讓古人，行將及爪矣。辱賜章什方自信之，未能蒙賢者之見許，幸也，何如？依韵酬答即以代柬……二三四
其一……二三四
其二……二三四
其三……二三五
其四……二三五
卜瞽示命圖爲王治甫題……二三六
其一……二三六
其二……二三六

題潘紫垣閑雲出岫圖……二三六
早登薛洪度吟詩樓……二三七
聞黄河中牟堤决長夜不寐口占……二三七
再校秋闈燈下作……二三八
歷城孫烈婦夫他出，有奪而嫁之者，不從，絶食死……二三八
門人沈西序以其兄絶命辭求題爲書一律……二三九
江村曉望……二三九
秋柳……二四〇
其一……二四〇
其二……二四〇

卷第八

長寧道上……二四一
其一……二四一
其二……二四一

其三……二四一
其四……二四二
題前隱士劉香亭藕花洲畫册……二四二
雜感四首……二四三
其一……二四三
其二……二四三
其三……二四四
其四……二四四
水性動而平而直，水質潔而冷而澹，與出處相合焉，作六絶句……二四四
其一……二四四
其二……二四五
其三……二四五
其四……二四五
其五……二四五
其六……二四六

山衙遣悶…………二四六
即事書懷…………二四六
即事…………二四七
古榕樹俗名黄葛樹，千百年來木稱爲神，宰來必祀之…………二四七
清泉俗名葡萄井，距東門半里，泉水出如葡萄，一名嘉魚泉，味甘洌…………二四八
歸雲…………二四八
大雨行山中…………二四九
七月二十七日于役涇南，過納溪之石脊梁，舟子不知水道，誤入巨浪中，舟已覆矣，忽躍出數里得履平波，旅次追思作江浪行…………二四九
前代…………二五一
重陽偕幕僚天寧寺登高…………二五一
銅雀臺鴨爐爲陸敏齋題…………二五一
耕籍禮成歸途即目…………二五三
戎州道上…………二五三
夢…………二五三

南廣乘舟……二五四
苦熱……二五五
四時漁歌……二五六
其一……二五六
其二……二五六
其三……二五六
其四……二五七
三江峽……二五七
查場宿古寺夜雨……二五八
過劉上舍家……二五八
曉起看山……二五八
雁字……二五九
其一……二五九
其二……二五九
初，日者推余星命，五十歲前雖稍貴而不富，五十後秩可加囊，亦漸裕。今將届五

十，回憶半生，罔不窘急，及一官匏繫，叢債如林，術人之前言信矣，未知以後能驗否耶……二六〇
秋晚山家……二六一
長寧縣……二六一
其一……二六一
其二……二六二
其三……二六二
其四……二六二
其五……二六三
其六……二六三
其七……二六四
其八……二六四
其九……二六四
其十……二六五
長寧八景……二六五

其一　寶屏秀色……二六五
其二　筆架文峰……二六六
其三　嘉魚清泉……二六六
其四　桃源仙洞……二六七
其五　湇井晴烟……二六七
其六　棫山霽雪……二六七
其七　石笋削岩……二六八
其八　涇灘瀑布……二六八
雨中送郭莼香返高陽有序……二六九
灘聲……二七〇
陣馬……二七〇
飛螢……二七〇
螗螂……二七〇
鯨魚……二七一
犢兒……二七一

五十述懷……二七一
六朝……二七二
其一……二七二
其二……二七二
其三……二七二
其四……二七三
近狀……二七三
其一……二七三
其二……二七三
入蜀……二七四
題劍南十三……二七四
其一……二七四
其二……二七五
其三……二七五
其四……二七五

寄慨……二七五
出門……二七六
定遠署産嘉蓮，始一萼二花，繼三花，定遠令李静亭秋闈共事，出圖徵題爰成
二絶……二七七
其一……二七七
其二……二七七
分校竣事……二七八
其一……二七八
其二……二七八
落卷……二七九
薦卷……二七九
中卷……二七九
和徐稼生典試秋圍即事原韵……二八〇
其一……二八〇
其二……二八〇

其三……二八一
其四……二八一
九月十三日無題……二八一
夜行山中遠莫致火輿子屨蹶作此……二八一
丁未元旦紀事……二八二
涇南道上……二八二
花下……二八三
春社後一日招僚幕飲天寧寺分韵得雨乍二字……二八三
其一……二八三
其二……二八三
次日劉學博又增三韵分得風字……二八四
點團……二八四
晚歸即景……二八五
和柏雨田太守凌江留别原韵……二八五
其一……二八五

其二……二八六
舊硯……二八六
五月十一日自郡歸住兩江口……二八六
送劉坦齋學博歸射洪……二八七
其一……二八七
其二……二八七
山行……二八八
重陽後六日招僚幕登高夜飲……二八八
其一……二八八
其二……二八九
悼蔡幕亡姬……二八九
放舟南廣以自嘲……二八九
與蒓香同渡……二九〇
病起赴各鄉捕盜曉行即事……二九〇
其一……二九〇

其二……………………………………二九一
數月以來陰雨過甚感而有作……………………二九一
送耗神…………………………………二九一
逐窮鬼…………………………………二九二
于役涇南半月言旋途中即事……………………二九二
有感……………………………………二九三
除夕立春………………………………二九三

附録

布政使銜署湖北按察使原任督糧道愍肅李公墓志銘……………二九四

卷第一

乙丑至乙亥　古薌　李卿穀　紅樵

九歲習聲律　祖母周恭人壽日命咏桂花

華堂秋色好，金粟擁樓臺。
樹是人間有，香原天上來。
吳剛仙斧斫，庾信小山栽。
何似承歡日，濃馨引壽杯。

元日二咏

之一

深沉臘鼓夜頻撾，爆竹聲多不辨家。
隔户香風吹柏葉，出墻春色透梅花。
鞦韆苑落銅鐶静，金碧樓臺錦障遮。

差喜年來無剥啄，朱門一路掩朝霞。

之二　爆竹

一聲霹靂破重陰，萬竈烟霏首祚臨。
金鼓相連門外遠，銀花不斷夜來深。
驚人富貴皆虚紙，報國功名有赤心。
烈焰轟騰諸惡避，更催春色出遥岑。

課黄梅限七陽韵

昨夜圓鈴巧構藏，縞衣重换道家妝。
檀心細暈三分紫，宫額新塗一點黄。
簾外日高烘久客，磬中香滿供空王。
不須簪入雲鬟去，恐混金釵十二行。

立春前已有春意

未春和氣已氤氳，薄暖輕寒竟不分。
水裏紺珠貽北帝，柳搖青眼待東君。
林岩霽日流殘雪，簾幕微風解凍雲。
眄得明朝花信到，安排新釀爲花醺。

題天竹水仙

垂珠纍纍一串，凌波仙子凝妝。
誰贈海南紅豆，夜深環佩生香。

曉起

烟銷雛柳澌啼鴉，曉色朦朧上碧紗。
劚徑分栽新乞菊，洗瓶閑插夜開花。
隔簾露氣侵疏簟，遥巷雷聲走晝車。
自汲清泉添活火，一甌香泛雨前茶。

春陰

濕雲遥帶衆峰齊，走馬王孫望欲迷。
野水生波流樹影，香風吹雨濺花泥。
烟蓑棹晚魚驚夢，沙屐沽春鳥勸提。
十里横橋新漲緑，一時柳眼爲誰低。

城南晚眺

西風捲地撲晴沙，閑步城南路不賒。
岩外飽霜時墜果，溪頭向暖尚開花。
斷碑猶辨前朝字，破屋難尋舊酒家。
俯仰正深今古恨，夕陽催噪暮林鴉。

新月

落葉一窗秋，無言坐小樓。

天寒簾不捲，門外挂纖鈎。
款款階頭拜，含情欲問天。
蛾眉一樣巧，幾日共團圓。

冬夜

風敲落木下高枝，窗外昏黄月上遲。
藥火一爐寒榾柮，冰池半畝泛玻璃。
熒熒鼠目燈殘後，喔喔鷄聲漏轉時。
寂寞空齋凉夜永，不知何事繫吾思。

春柳四首

柳眉

澹烟濃雨作簾帷，雁齒橋邊緑泛時。
知是東皇行樂地，朝朝臨鏡畫雙眉。

柳腰

纖腰新試楚宫妝，日向東風作舞場。
路似平階苔似罽，美人初起蹋春陽。

柳眼

幾番沉睡眼慵開，欲被流鶯唤夢回。
最是多情凝眄處，一簾春雨上樓來。

柳絲

少女當風慣理絲，斜陽亭畔故垂垂。
陌頭多少征夫過，不繫班騶欲繫誰。

田家竹枝詞

之一

一碧横溪枕屋流，微暄天氣午風柔。
青青楊柳牧人夢，細草黄花自飯牛。

之二

成團蝴蝶戲新晴，短短秧苗貼水平。
門外女桑三五樹，隔溪聽唤小姑聲。

之三

緑樹葱蘢曲徑賒，香風吹到野人家。
閉門盡向西疇去，開遍墻頭屋角花。

之四

疏籬菜甲一齊黄，白鷺飛飛過野塘。
何事柴門猶未掩，山頭落日下牛羊。

漁舟即事

之一

曉日照金波，江頭起棹歌。
莫愁風浪險，急瀨得魚多。

之二

攏岸皆楊柳，風來陣陣柔。
摘條穿巨鯉，閑話過鄰舟。

之三

相約前村去，將魚算酒錢。
醉歸無個事，斜枕破蓑眠。

之四

一覺烟波夢，孤蓬聽雨聲。
自吹蘆荻火，結網到天明。

過城南前明給諫張公墓

之一

柳染春袍杏染緋，蘭臺品望尚依稀。
乘驄事已光前代，執戟人猶立夕暉。
坐對疾風思諫草，魂隨明月戀宮薇。

永豐橋上荒亭没，讀罷殘碑不忍歸。

之二

落盡餘霞未下臺，又從歸路望徘徊。
四圍烟水荒墟繞，幾樹松楸舊日栽。
驚起牛羊芳草亂，啼殘鶗鴂野花開。
寺旁日日鐘聲動，憶否當年待漏回。

見志詩

靈臺一寸光，晶瑩達四維。
靈源一滴水，澄清徹毫厘。
松柏有本性，不假雕鑿爲。
琳琅與碔砆，在璞已先知。
聲譽滿天下，暗室不能欺。
過鋭鋒必折，能專山可移。

昨夜小雨來，大地漸潤滋。
綿延至今朝，豁然滿方池。

晚景

蘆花深處白鷗飛，轉瞬西岩澹夕暉。
一路高林黄葉亂，鯉魚風送釣人歸。

雪

對月瞢騰醉，停杯即長睡。
睡醒雪滿窗，誤問月落未。

晴

擁爐避寒威，迢迢涼夜永。
風動書幌開，滿地水蘅影。

芥子園五咏

辛夷

辛夷久未花，誕生始開放。
贈我筆一枝，遲我木天上。

古桂

木樨大十圍，秋風葉鬱鬱。
金光滿諸天，香雲護古佛。

老梅

玉龍飛下天，照我書窗白。
祇有宋廣平，此心同鐵石。

海棠

綠雪作簾幃，紅霞爲席薦。
可惜美人身，一年衹一見。

垂楊

當户老垂楊，飛花復飛絮。
花落硯池頭，絮向鄰墻去。

春游

貓頭繞屋長，麂眼編籬短。
聞君酒新篘，趁我衣初澣。
麗景足韶華，清歌伸燕衎。
古有秉燭人，游興何曾懶。

捉月圖

恬波不怒陽烏息，晴沙膩軟眠鵁鶄。
江邊無數欸乃聲，吹出長天水一碧。
先生鼓棹在中流，桂作楫兮蘭作舟。
錦袍摇曳西風裏，鬚眉合是神仙儔。
燈紅酒緑先生醉，今古茫茫空老泪。
舉杯試呼明月來，仿佛前身猶可記。
即欲乘風歸帝鄉，不覺冷露侵衣裳。
雲梯高聳不可度，天河路遠色蒼蒼。
忽然腥風吹浪直，鏗鏗鏘鏘推亂石。
横濤倒捲萬山來，舟子櫓人皆失色。
詩在手，酒在口，此時先生一回首。
俯瞰潛窟泣蛟龍，仰視長空颭星斗。
吁嗟乎！長繩繫日日不留，翦刀割愁愁更愁。

未依謝朓青山老，竟伴琴高赤水游。
一回顧鯨鯨背拱，再回顧鯨鯨不動。
雲外偶聞傳侍郎，舟前不復有供奉。
奔騰激走如裂電，墮入黑雲深不見。
風平依舊漾金波，芙蓉猶對姮娥面。

東津晚渡

桃葉溪頭浪拍天，落花澹澹護春泉。
隔林一點虛青透，漁火零星放晚船。

賀元梅卿新娶

之一

紅氍鋪地綉裙拖，春色雙雙上翠蛾。
莫道今宵鴛夢穩，有人窗外指銀河。

之二

錦譜鴛鴦小字題，謝家風度絳紗攜。
尋常難住烏衣燕，還到雕梁畫楝栖。

之三

滴殘蓮漏晚妝慵，半面菱花掠鬢鬆。
重爇龍涎爐火活，温香全把綉簾封。

之四

鬱金香泛紫霞觴，瓊作還丹玉作霜。
我是茂陵渴司馬，可容橋畔乞雲漿。

游河東寺

滿林黄葉雁聲秋，風送輕舠似箭流。

數面畫幡殘照裏，一僧補衲坐經樓。

張仙墳

神仙既死乎，何爲有昆侖？
神仙不死乎，何爲有此嵯峨之高墳？
墳百尺兮人千古，惟地有靈仙其主。
英雄名士皆長生，
君不見，平原道上一抔土。

訪定上人不遇

偶棹扁舟去，風光似虎溪。
徑空山翠合，花冷夕陽低。
説雨臺常掩，看雲杖自携。
旃檀林下鶴，相伴未歸栖。

弋陽漫興

之一

風捲晴波欲泛堤，遥天一色碧玻璃。
尋芳盡日情猶熱，送客前溪路已迷。
十畝黄花茅店北，半林紅雨畫簾西。
春申宅畔青青草，曾印當年駿馬蹄。

之二

微雲澹澹拂平洲，日暖風和足勝游。
數點帆明斜照外，雨城人聚古橋頭。
烟炊斷岸新漁屋，簾挂垂楊舊酒樓。
欲向光黄求隱士，盛時誰復卧林邱。

贈友人家居

幾間茅屋水雲中，短短竹籬西復東。
逐婦鳩呼三徑雨，携雛燕蹴一簾風。
蘚無雜客當階緑，花爲高人特地紅。
近日杖頭供飲否，釣魚磯畔約鄰翁。

送人就昏京師

之一

峭寒吟客動征鞭，屈指長安路二千。
莫使風姿輕瘦損，有人珍重綉簾前。

之二

第一仙人玉鏡臺，翠幃今日爲君開。

盧家近有雕梁在，未到三春燕便來。

園中花木盛開，童子攀折過甚，感而作此

我有半畝園，花開勝金谷。
當風艷欲妝，帶露嬌如浴。
晝長壓朱欄，夜黑燒銀燭。
豈知春榮時，已遭秋落酷。
木葉漸凋殘，攀折猶往復。
榮華何可長，一瞬忽傾仆。
吁嗟洛水妃，玉枕空留櫝。
吁嗟楊太真，西行不至蜀。
色衰愛則弛，而竟顔如玉。
薄命豈足傷，争妍徒自覆。
我知松柏心，獨不論榮辱。
小窗皓月來，時照讀書屋。

落花六首

落花色

零落東風可奈何，及時延賞莫蹉跎。
纔看鏡裏榮華減，猶記尊前舞態多。
虢國眉痕空澹冶，漢宫顦影半銷磨。
不堪回首繁華夢，翻恨青春大易過。

落花香

一别高枝尚未殘，吹來猶是舊旃檀。
空庭露氣侵衣濕，小閣風聲入户寒。
幾處蝶蜂還戀楚，誰家衾枕不思韓。
更須添入熏爐去，燒作香魂續命丹。

落花聲

紛紛有意打簾帷，竹瓦溪泉落下遲。
風雨不堪愁裏聽，佩環當結夢中思。
金尊銀燭將闌夜，蝶板鶯笙欲送時。
驚起餘酲猶未散，玉階深處認參差。

落花影

爐烟茶霧自輕揚，纔拂迴欄又畫廊。
流水一灣空蕩漾，落霞半面共低昂。
香塵不動朱輪歇，歌扇無聲寶瑟凉。
祇有晶屏横照處，模糊時伴玉人旁。

落花魂

亭館池臺景乍幽，當年紅粉悔輕投。

空饒明月三生夢，常鎖非烟一段愁。
金谷客歸抛錦障，玉樓人去下簾鈎。
夜深欲寫飄零態，恐攝清風到案頭。

落花瓣

狂風過處錦成堆，紅雨霏霏日幾回。
細點池塘魚唼去，亂飛庭院鳥銜來。
金鈴無計留芳質，紗網何人護絳胎。
珍重殘英猶足惜，莫教屐齒印蒼苔。

秋日同蔣子瀟茂才、王懺生孝廉郊外晚眺

重巒叠翠瀉流泉，遠水空明塔影圓。
雲起欲來千樹雨，風回又聚一村烟。
竹圍古寺停清磬，柳暗長橋倚畫船。
閑與諸君商後會，莫虛楓紫菊黄天。

過舊游

寥泬高空一鏡懸，來游重與聳吟肩。
葉疏鴉綴池邊樹，草短蛩啼雨後天。
古寺依然圍野水，名園多半付荒烟。
清秋容易興惆悵，豈獨登樓感仲宣。

自號紅樵倩人作畫

東風匝地長莓苔，嶺外花枝尚未開。
樵子一肩紅隱隱，擔將春色出山來。

訪僧

電光泡影托生涯，錫杖飛行未作家。
寂寞殘鐘人不見，野風吹起隔墻花。

宿田家

犬吠荒籬外，炊烟起近村。
短橋斜照水，老樹睡當門。
露白花三徑，燈紅酒一尊。
鷄鳴餘夢破，殘月瀉簾痕。

南塘晚陰

載酒南塘去，風吹水上亭。
鷺翻殘日白，鳩喚斷烟青。
蕉葉摇新筍，荷莖散晚馨。
當窗山不見，誰挂墨雲屏。

雁

秋滿長空起雁行，纔超嶺嶠又瀟湘。

有時得意隨鷗鷺，到底無心及稻粱。
槲葉叫殘關外月，蘆花栖老渡頭霜。
天涯縱作勞勞客，一歲春風一返鄉。

寄蔣子瀟

當筵不見酒潮紅，何事繁華夢未通。
究竟才人消受得，芙蓉花底養秦宫。

題蠶絲集

揚州妓能詩，十七以瘵死，所歡梓其集曰《蠶絲》。多哀怨之音，見者憐之，爲題四絶。

之一

揚州十里月明中，回首家園隔斷虹。
不學楊花輕薄態，年年容易嫁東風。

之二

招來花底駐雲軿，白板紅幺帶酒聽。
河滿一聲嬈舊恨，背人無語泪殘燈。

之三

郎從南國采紅豆，妾在西堂罷舞衣。
譜上鴛鴦纔有字，夢中蝴蝶已驚飛。

之四

喜君今至莫愴神，諄囑無忘弟與親。
料得漢皇非薄幸，嗤他擁被李夫人。妓有《喜君今至矣》詩十首。

夜坐

風走平空積霰開，閑依短榻自徘徊。

天横野水孤星迥，門掩梅花一雁來。
投筆難酬宗慤志，題橋幾誤馬卿才。
葫蘆擊破成何似，任爾升沈莫浪猜。

夢游仙

寶月瓊烟鎖洞房，屏風六曲水晶凉。
雲鬟對挽調鸚鵡，霧帶雙飄跨鳳凰。
不伴姮娥愁碧海，却隨神女下高唐。
情絲未盡仙緣盡，萬樹桃花送阮郎。

冬日

一出人心暖，陽和漸漸盈。
嚴霜蒸有氣，薄凍破無聲。
曝背田間樂，裝綿陌上情。
而今爲政者，誰似晋名卿。

題梅

脱却朝衫興未休，摩空老鶴認雲游。
坐間羞置相如稿，那有青山怨白頭。

菊

跣足科頭禮數粗，東籬相對見真吾。
平生不肯入蓮社，甘讓人言是酒徒。

卷第二

丙子至壬午　古蓼　李卿穀　紅樵

送王春綬張春農入都

北去連天雁數行，故人同日發征裝。
魂銷南浦皆春草，鞭指東風正夕陽。
紫陌花飛行帳合，青氈燈暗酒尊凉。
明知聚散如萍梗，別緒偏隨柳綫長。

即景

文君酒熟暫停琴，門外飛花漾碧潯。
自醉窗前還自醒，斜欹藤枕聽春禽。

山南路

矯首山南路，烟霞欲見招。

夕陽紅在樹，春水緑過橋。
舊夢梨雲斷，新情柳絮飄。
野人避狂客，酒熟不相邀。

古怨

花枝艷冶經風早，冷露先枯原上草。
自古紅颜未盡衰，天公不使美人老。
或返鶴駕入丹霄，玉京閬苑悵迢迢。
有時香迹歸黄土，寶瑟無聲歌扇銷。
馬嵬羅衣泣行裝，燕子樓頭月正黄。
緑珠歸去金谷冷，箜篌凄咽水雲鄉。
漢宫成議亦可返，塞風吹散同功繭。
金鏤玉枕贈何人，一朵紅霞空望遠。
虞兮千古美人雄，西施原自死吴宫。
宣室何曾能入夢，玉鈎新鬼哭秋風。

巍巍高柱照橋水，大信不移尾生死。
相如求凰豈盡痴，文君悔寄白頭紙。
丁香花發紅閨馨，丁香花落紅閨零。
落花柳絮狂不定，青山流水送娉婷。
吁嗟乎，玉顔竟日對寒鴉，空眄昭陽誤歲華。
老大雖有商人婦，潯陽別後斷琵琶。

春閨

之一

朱樓春雨夢天涯，小院鶯聲透碧紗。
門内海棠門外柳，風光輸與別人家。

之二

晚風拂面鬢雲殘，泪染鮫綃漸化丹。

涼月滿身渾不寐，數枝花影下闌干。

初度

卓彼高山桐，上宿雙鳳凰。
幽彼深澗松，黃鵠時飛翔。
承天滋雨露，得地集輝光。
所托何其大，所望何其長。
亭亭凌衆表，樹德行自芳。
勿教本先撥，老大徒悲傷。

出門

二十欲封侯，家園不肯留。
桑弧四方志，駿馬五陵游。
短夢醒孤枕，殘更轉戍樓。
此時一回首，却悔佩吴鈎。

西華晚泊

蓼花深處水迢迢，無數行舟盡駐橈。
晚市初闌燈市起，西華城外第三橋。

早發

朝市聞喧渡，西風送早涼。
鷺翻晴浦雪，鴉帶曙城霜。
日月爲人速，關河計路長。
狂歌何處起，一棹下滄浪。

帆

一葉斜陽類轉蓬，鷁頭漂泊任西東。
暫收柳陌家家雨，又繞花灣面面風。
高礙暮雲依絶岸，還圖秋色挂長空。

雄才欲獻滕王賦，千里江流指顧中。

纜

一聲嘔啞度層瀾，錦纜牙檣畫裏看。
穿破峽雲天一綫，放開湖水月三竿。
人驚匹練横空際，客喜輕舠上急湍。
獨有虚舟偏不繫，任他浮泛總相安。

道旁柳

瘦盡西風落盡霜，春來重與試新妝。
枝攀大道隨烟墮，花散空潭逐水香。
被謫丹衷辭故國，遭讒紅粉下專房。
迎門減却千條緑，剩有歸鴉噪夕陽。

咏柳

漢苑柳

散騎丰姿未渺然，春來摇曳倍堪憐。
空將一代風流客，列在靈和御殿前。

隋堤柳

多感君王賜姓楊，畫船簫鼓助風光。
雷塘一去長堤冷，不覆宫人但飯羊。

金城柳

曾向金城到處栽，年華如水不重回。
游絲欲綰斜陽住，待得琅琊司馬來。

白門柳

白門四望影婆娑，枝拂污泥葉帶波。

一陣昏鴉漸飛去，不須再唱叛兒歌。

灞橋柳

情盡溪頭千萬條，終朝惟聽馬蕭蕭。
果然離別君能管，何不留人莫過橋。

訪友人

香霧霏霏夕照環，紅墻斜護竹籬關。
當門隔斷横溪水，半是桃花半是山。

春閨

之一

春波昨夜漲晴堤，片片飛英與岸齊。
一樣桃花隨逝水，不流紅泪到關西。

之二

花滿闌干月滿樓，一春憔悴對簾鈎。
竹紅帝女千行泪，草緑王孫萬里愁。

春去

羯鼓夜停撾，紅沈洞口霞。
連朝有風雨，一瞬過鶯花。
望帝呼何急，王孫路已賒。
九重春自在，冷澹野人家。

過廢園

長廊曲榭久凋零，多少炊烟聚淺汀。
燕啄香泥添舊壘，犬隨花影卧空庭。
頹垣有日陰仍重，老樹無風響不停。

草色至今猶得意，年年齊上釣臺青。

和有人初度書懷原韵

城南詞客隱於酒，醉鄉之外無何有。
我今祝君君已醉，快談爲説平生事。
篋中上書不逢時，毀弃黄鐘人不知。
市頭倨坐賦子虚，食無魚兮出無車。
心天幸有光明劍，早向名場割凡念。
窮途豈困奇男子，烟霞之間人老矣。
觀君詞氣何瀟洒，讀君詩句愈高雅。
一聽一讀暝烟黑，明月滿庭照顔色。

雨夜

歲月半蹉跎，功名等逝波。
夢殘燈影小，被冷雨聲多。

慷慨聞鷄舞，淒凉擊劍歌。
撫時應自惜，未擬賦槃阿。

冬晚道上

落霞隱孤山，斜陽人影小。
荒村木葉稀，燈火出林杪。

冬夜即事

古壁燈殘劍氣凉，爐頭宿火耀寒光。
敝簾當户風敲闥，破紙黏窗雪到床。
糟瓮猶留經歲釀，梅盆纔放一枝香。
前身合是瞿曇相，夜夜空山夢道場。

乳香臺

澗草肥如指，岩松老若虬。

泉飛青嶂頂，鳥過白雲頭。
春盡林容减，塵封石乳收。
探奇今有路，躡足問神州。

擇茶詞

山南山北春齊暮，桃花飛落羊腸路。
行行屐齒亂蹋花，蹋花直入花深住。
花深深處有紅墻，雲鬟鴉髻翻新妝。
東家姊妹喜相見，笑語春風一徑香。
茶旗輕揚茶烟紅，茶神駐蹕百花宫。
入門不知香多少，但覺兩腋生清風。
依肩列坐迴欄裏，露葉盈盈流玉指。
金釵銀釧只聞聲，拈作蘭花與蘭蕊。
座中忽唱蹋歌行，盡是黄金初教成。
細語呢喃花底燕，多情婉轉柳中鶯。

鶯鶯燕燕音忽寂，遠山一角斜陽明。
須臾紅霞鋪滿院，綉裙拖地雲如茜。
相約明朝須早來，黛螺重點梨花面。

讀書麻埠病中憶舊

披吟終日笑生涯，病卧蕭齋暗自嗟。
隔巷殘更驚夢蝶，撲簾春雨墮燈花。
更無别計愁能解，縱有歸期候尚賒。
試向門前溪水問，放舟可到故人家。

肄業山中，冥然絶他想。風雨連旬，聞猿鳥之音，歸思頓作。因思古之含酸茹嘆者，莫不有觸而然也，作《猿鳥篇》

猿兮猿兮何爲來，墮吾四方之志哉。
嘶風嘯月窮岩側，一回一聽起長哀。
朱門有客耽歌舞，朝聞鶯啼暮燕語。

一入思婦旅人心，愁腸百結不能吐。
我生壯志何嶙峋，拔幟欲敵千人軍。
露珠滴遍洛陽紙，墨池倒翻韋家雲。
昔載聞山不得見，今朝恰對芙蓉面。
松間月影照彈琴，嶺上花香薰試硯。
不意西風昨夜歸，山南山北葉齊飛。
更兼寒雨連宵急，引得羈人三太息。
猿啼鳥啼夫何知，不平則鳴惟其時。
朝來猿鳥聲音歇，空齋自寫斷腸詩。

閨情

小語告紅閨，好事從今起。
衹簪稱意花，莫佩相思子。

夕陽

千條紅射錦波裏，蛟龍倒戲銅盆水。
金烏三足還珠宮，濛濛極浦暝烟起。
浣紗溪上浣紗女，眄斷行人舟未艤。
無言獨上晚妝樓，欲寫迴文泪滿紙。

泗洲廟

之一

古寺鎖白雲，到門一聲磬。
階下響流泉，花間開曲徑。
鷺睡紅樹深，鴨歸緑波定。
欲坐問禪機，老僧不肯應。

之二

藤架傍竹籬，藥苗生瓜圃。
山色低暮烟，燈花墜寒雨。
煮泉檢茗經，操縵翻琴譜。
幽想入空靈，嗒然復太古。

春日田家

之一

芳疇交錯路欹斜，盡日携囊閲物華。
朝雨白連雙槳水，夕陽紅下半村花。
鷄鳴午院農歸餉，犬吠疏籬客到家。
漫説桃源風景好，春來何處不桑麻。

之二

刺桐花發野棠疏，春到田家化日舒。
牧竪歌聲存古調，鄉人笑語類奇書。
茅添舊屋争巢燕，柳墜柔條可貫魚。
聞報瓮頭新釀熟，筠籃帶雨摘園蔬。

之三

酥雨連朝又晚晴，東疇南陌正催耕。
暗栖菖葉鴨頭密，亂打楊花牛背輕。
携屐幾人沽酒去，提筐有女采桑行。
穿渠更引西溪水，伫看菱荷鏡面生。

之四

緑樹門墻轉轆轤，誰人解識此間娱。

坐邀黄鳥爲朋友，壁借青山作畫圖。
村野那知驚富貴，米鹽總不計精粗。
莫教白髮頽唐甚，始向君王乞鏡湖。

溪上

泛棹過曲溪，坐看溪中景。
野水暗生波，空明透人影。
好風拂面來，斜日上高嶺。
一鳥鳴緑陰，楊花落滿艇。

雨中出游

風雨無人出，溪山獨自過。
漲寒拳鷺重，林密目鶯多。
舊壘餘青草城東霸王臺春草先生，荒陵覆碧蘿城外高阜传爲蓼侯陵。
釣魚磯下望，他日好披蓑。

櫻桃花

膩雲撲帳壓春雨，香風吹起綠楊舞。
樊娘丰貌艷如花，蕙質檀心嬌欲語。
當年錯被小蠻妒，獨傍瑶階泣晚露。
丹脣不讓楚宫腰，嚼碎紅絨唾碧樹。

燕

翩翩翠羽見差池，來去雕梁繫所思。
六幅湘簾忽遮斷，落花滿地雨如絲。

古意

南國佳人花作魄，三日未見生顔色。
有時小步花陰中，生成紅豆多采摘。
著意問卿卿不語，滿院桐花飛如雨。

回頭一笑猶嫣然，幺鳳蹁躚露翠羽。
欲挽春光春不住，衣香馥馥生花霧。
人隔珠簾十二重，誤他燕子歸來路。

秋柳詞

洛陽女兒貌如花，門外垂楊踠地斜。
良人陌上調鞍馬，侍兒房中畫鬢鴉。
去時韶光一百五，賤妾空庭罷歌舞。
春風已往秋月來，心與柔條同無主。
贈去雙泪知不知，金綫條條綰離思。
離思纏綿解復結，魂飛不到天之涯。
簾前三月柳花香，簾外八月柳葉黄。
柳花柳葉年年在，人喜人悲何可長。

月夜書懷寄王春綬

神仙富貴兩蹉跎，欲問君平計已訛。
大地茫茫人小劫，世途擾擾我狂歌。
虚談事業皆愁債，妄解風情亦意魔。
拔劍聲高星月朗，王郎酣醉興如何。

高士傳

奇才豈受世馳驅，少似猖狂老似愚。
天地有心成大隱，英雄何事哭窮途。
黄農未遇生何晚，麟鳳非時賞自孤。
寂寞空山人境外，千秋誰敢誚虚儒。

淮陰侯

一飯英雄氣便伸，未央斧鑕竟亡身。

君能將將臣能薦，生殺還從兩婦人。

留侯

欲試高皇畫計奇，一杯羹竟忍相欺。
赤松那有神仙在，辟穀當年却爲誰。

司馬長卿

漢主臨軒拜賦臣，文君含笑畫眉新。
揚鞭重過臨邛市，争看當時賣酒人。

秋闈報罷示友人

之一

奮翼雲程羽未豐，秋高萬里殢飛鴻。
學書幸有浮名在，拜筆何期舊願空。

賦客漸稀梁苑北，花枝猶拂宋墻東。
兩番對景成虚憶，極目蕭條類斷蓬。

之二

又值秋風點額回，元龍意氣未全灰。
負書任使貂裘敝，奏賦羞從狗監來。
竹葉一尊邀客共，燈花竟夜向誰開。
鹿門遺事君知否，斯世於今不弃才。

閑情

倦憩琴書側，閑情入座來。
詩爲新恨冢，夢是古愁堆。
藤架絲空結，蘭釭爐已灰。
遣懷無一術，落日對高臺。

擬古

步出郭東門，秋風吹翠髮。
樓中蕩子婦，空階拜明月。
明月何皎皎，深林啼孤鳥。
自言昔于飛，雙雙自燕好。
金谷唤春遲，梁苑鳴秋早。
同音翔高枝，比翼戲華藻。
貂裘羽林郎，挾彈向林杪。
一彈疾電馳，再彈流星繞。
雄者墜當衢，雌者竄遠道。
伉儷既相失，性命幾難保。
夜投荆棘叢，朝游芙蓉沼。
哀鳴雨啾啾，寒影風裊裊。
感此伶仃人，心焚如敗草。

思前嗟怨生，慮後歡欣少。
明月不長圓，紅顔容易老。
茫茫萬古愁，惟有嫦娥曉。

冬夜讀書

白雲澹無色，冷月照人薄。
朔風息還吹，時有微雪落。
明朝欲出城，聞説泥淖艱。
謀生計已拙，姑懷片時安。
燈前披緑帙，窗横老梅枝。
暗香摇素影，清韵滿書帷。
須臾更漏起，長夜凉于水。
一醉展温衾，夢入華胥裏。

春眺感舊

滿目春容動百思，青山笑我太狂痴。
鷓鴣送客渾無奈，蛺蝶依人竟有知。
仄徑漸迷芳草渡，破樓曾寫落花詩。
而今風景依然在，回首年華似箭馳。

送王同村孝廉之虞城兼懷其弟懺生孝廉

匆促人將去，羈遲客未還。
秋風孤館夢，落日故城山。
聯袂懷前侶，停車繫別顔。
南鴻如有便，雙韵寄鄉關。

舟次晚眺

颯颯西風掃暮氛，蓬帆如畫挂斜曛。

半林楓葉秋初到，四面蘆花路不分。
舉酒倒吞孤嶂月，繫船深鎖野溪雲。
興酣欲作孫登嘯，驚起前灘雁一群。

朱仙鎮遇雨

西風吹動蓼花洲，一帶濃陰接渡頭。
朱亥里邊雲似墨，鄂王祠外樹初秋。
偎寒鳥就炊烟屋，沽酒人歸傍岸舟。
欲問當年戎馬地，無言閑卧兩三鷗。

弃婦詞

妾生在深閨，少小無拘束。
自以天生姿，何必假膏沐。
良人開畫堂，妾歸百寶箱。
著足珍珠靸，懸耳明月璫。

富貴人增羨，更覺嬌痴慣。
春山不掃眉，桃花不靧面。
良人喜冶游，夜夜醉紅樓。
争妍雲鬟巧，作態柳腰柔。
新寵既足樂，舊歡遂以薄。
不念妾情長，翻嫌妾貌惡。
秋扇悲見捐，歲歲復年年。
梨花春雨夜，桐葉晚凉天。
對此心如擣，悔不理妝早。
非關郎愛弛，傾城妾本少。
寄語女兒身，花樣要時新。
莫待一時遭擯弃，始知顏色不如人。

寓言

前度桃花是也非，千峰萬水亂斜暉。

他年再入天台路，莫戀紅塵要早歸。

秋晚

雨後南窗長蘚痕，一番清夢近黄昏。
風微白鳥游孤館，月出烏龍吠滿村。
翹首忽驚金粟在，嘔心都付錦囊存。
秋聲幾日來林薄，落葉蕭蕭夜打門。

題店壁

溶溶春月度紅墻，鳳脛燈前玉一行。
莫道行雲多變幻，各翻新様媚襄王。

麗人行

湖上麗人行，湖下紅蓮吐。
人道開花蓮色鮮，我道結子蓮心苦。

苦情不可說，且趁好顏色。
君不見，三五二八蹋橈娘，日日簪花滿鬢傍。

湖上行

種花待郎歸，花殘郎未至。
下卧雙鴛鴦，垂頭不管事。

國大夫祠

殿宇望崚嶒，平岡攬轡登。
白雲閑似鶴，黄葉瘦于僧。
雀噪空檐瓦，蛾飛古壁燈。
山河千古在，東里拜高陵。

曉行

輾轉不成眠，但恨涼夜永。

東牖望有光，驅車出高嶺。
斜月忽西垂，濃霧四圍迥。
曙星數點明，耿耿照人影。

旋里

緩轡輕袍叩故關，東風爲我破愁顔。
移巢舊燕初辭壘，出岫閑雲又返山。
陌上飛花迎劍佩，筵前按曲换刀鐶。
昨宵野店荒凉月，來照紅樓翠幕間。

述感

虬松宿健鶴，修竹引飛凰。
禽鳥皆有托，草木亦生光。
嗟予修潔士，倦憩琴書傍。
三試遭放黜，困躓翰墨場。

歲月既云往，少壯安能長。
思欲投筆去，負羽走他方。
飛鳥依舊壘，游子戀故鄉。
且安尺蠖屈，自效文豹藏。
送窮悲韓子，落魄悵阮郎。
雲梯既無路，極目何蒼茫。

寄題

之一

楚雲秦月望迢迢，燭影簾聲記未消。
小摘花枝簪鬢好，平分春色畫眉嬌。
聚時歡語新來燕，別後愁心不展蕉。
欲致拳拳與扣扣，靈犀竟夜向誰摇。

之二

朱鳥窗窺絶世姿，種成紅豆費相思。
遲他渡口迎桃葉，泥我尊前唱柘枝。
野雉無媒空比翼，春蠶有繭未完絲。
清塵濁水休同賦，潦倒情場總是痴。

客館漫興

亭臺半角下殘陽，客館無人坐晚凉。
霜重凍鴉歸樹早，風高孤雁帶雲忙。
松抛碎葉分釵股，菊綴餘英貯枕囊。
手撫絲桐心憶遠，一鈎新月露清光。

奴子夜行嘆

燈影揺人語呶呶，枯林入夜聲蕭蕭。

急流嗚咽不知處，白玉中裝路一條。
北風刮面冰在鬚，僕夫嘖嘖怨路隅。
昨夜重衾睡味温，霜花滿地未開門。
今宵飢驅滑澾路，不見當時賣酒村。

冬日曉歸

開門霜滿地，古道冒寒行。
漸覺晨星澹，遥瞻海日生。
水流冰下響，山在霧中明。
何事勞車轍，悠然慕楚耕。

述懷

研餘寶墨硯生凉，秃筆何堪宿錦囊。
千里依人雙佩劍，七年困我四名場。
神仙眷屬輸梅尉，才子腰肢薄沈郎。

對坐寒燈思往事，半饒清悶半疏狂。

憶舊

當年春水擁神仙，兩岸桃花夾畫船。
今日雲鬟都不見，數株衰柳一秋蟬。

夜憶王春綬北行

紙帳梅花夜氣清，聞鷄遥起故人情。
馬銜落月奔長道，鴉背殘霜出曙城。
豈爲千金修麗賦，直從萬里請長纓。
明年我亦懷書去，同聽蕭蕭易水聲。

放言

蟾蜍一匊舞銀毫，五鳳樓頭紙價高。
畫戟傳家門第貴，黄金結客酒尊豪。

常慚驥櫪悲千里，須出鷄群問九皋。
年少詩名人盡識，當筵休唱鬱輪袍。

報解日，鵲聲繞屋，蛛絲黏衣，喜而志之

之一

有鵲有鵲，在檐之端。主人護巢爾得安。
春風携雛去，秋雨結橋還。
唶唶不啄覆車米，華堂來報主人喜。

之二

喜子喜子，在我之衣。
珊瑚一粒絲一寸，黏向襟袖生光輝。
珠網不羨，金盒莫開。
我其飼之花叢上，好事還須絡婦來。

前固始令楊公汝楫**，今貳尹**建元**先人也，疏通河渠，興復閘壩，利澤悠長，邑人廟祀之。貳尹來，復爲修葺，詩以紀事**

禾苗望雨澤，如人望賢宰。
甘霖不及時，苗槁何能待。
自古立溝涂，灌注衆流匯。
儲水備凶荒，不雨亦可恃。
吾鄉號寢邱，叔敖昔封里。
羊行與急流，古制久湮矣。
嗟嗟楊前尹，學古乃服采。
先事重農功，周行閱淳鹵。
親溯河故道，分析端與委。
不惜己力殫，惟慮民腹餒。
經營始東南，流繞西北止。
堵築別高低，注茲先挹彼。

五六堤防修，畚挶來纍纍。
水輪置連畦，人聲喧舉趾。
秋深粳稻熟，匝地黄雲起。
腰鐮聚男丁，拾穗及婦子。
豈必無凶年，依然息呼癸。
其他惠政多，務使民樂愷。
口碑載道間，清聲播遠邇。
大吏計公勤，聯翩擢朝采。
攀轅公不留，悲呼情難已。
人曰廟祀公，咸造衆心喜。
祠宇當路隅，古木傍檐紫。
鷄豚報賽誠，水旱禱者每。
公神如水行，到處無不在。
端肅覩光儀，如生經百載。
今兹貳尹來，政以公爲比。

傳是公之元，後先洵媲美。
規矩緬高曾，入廟拜遺址。
楹廡恐就頹，解囊思再理。
大令樂輸金，下逮都人士。
嵯峨一改觀，輪奂耀桑梓。
歌詩陳祖德，抽毫發异彩。
爰集梁園賓，欲遍洛陽紙。
猥蒙授簡至，下懷愧弇鄙。
本以瓦缶質，何能陪鼎鼐。
食德烏可忘，蕪陋誠不揣。
陰雨喜重膏，甘棠樹未改。

卷第三

癸未至丁亥　古蓼　李卿穀　紅樵

新鄭道上

重重峭壁接烟城，溝道縈紆盡日行。
雨後土凝森石骨，風前沙撲走河聲。
高坡樹列渾如畫，野店花開別有情。
暫駐輪蹄攀絶頂，丹梯聳處白雲生。

曉渡黄河

盡日鳴鞭急，曉風吹渡河。
舟從灘外轉，山列岸傍多。
沙氣迷帆影，濤聲答棹歌。
雄才初獻賦，竹箭駛長波。

渡河步龍溪韵

界横天塹浪排空，飽挂蒲帆趁曉風。
野霧遠連沙氣白，深林高射日光紅。
請纓早副長驅志，拜筆還期一戰功。
十里濁流飛渡過，已如燒尾到龍宫。

湯陰岳少保祠

鼙鼓中原戰血紅，黄龍遺恨酒尊空。
一門忠孝荒亭泪，萬代精靈大樹風。
渡馬可憐非聖主，騎驢無奈有英雄。
至今廟貌留桑梓，那是金人地半弓。

邯鄲

富貴縈心孰罷休，漫將仙迹費遐搜。

縱然幻處皆真境，四十年來也白頭。

臨洺關

拂面黄塵望欲迷，車聲一路下山梯。
平沙終古堆如計，蹋遍人间萬馬蹄。

龍興寺

彩霞彤雲繞棟飛，輝煌金碧所見稀。
法輪不轉香界出，四塔森列如皈依。
入門層層跨杰閣，天雨欲來萬花落。
清磬一聲闐午喧，四圍□圓坐瓔珞。
芝椒爲墻檀爲樓，千迴萬折接斗牛。
峰巒秀插華漢表，騰身直到靈鷲頭。
寶幢丈六逼雲立，放大光明極樂國。
金剛歷劫不壞身，綴項明珠百八粒。

壁上千佛亦跏結，合掌如聽廣長舌。
菩提一株露未乾，芙蓉千仞風難折。
我來此地息鞅掌，幾回瞻拜勞俯仰。
旃檀花底翻妙香，頓教慧劍削凡想。
拂欄四顧諸天空，雙亭翼然曲徑通。
登亭竦仄讀宸翰，噰噰鸞鳳鳴梵宫。

下第步龍溪韵

羞將小技炫雕蟲，放眼千秋國士空。
迹絶朱門安少賤，詩工白屋任長窮。
南山豹隱三年霧，東海鯨回萬里風。
自笑功名同劫火，者番猶未斷塵紅。

出都

塵氛無息軌，旅邸日倉皇。

倏爾作歸計，出門見稻粱。
田園寓真樂，經史生异香。
古有梁父吟，抱膝卧南陽。

涿州道上

故國二千里，神京第一州。
城荒燕太子，村祀漢桓侯。
遠市烟如畫，離宫樹欲秋。
西山青送客，攬轡幾回頭。

趙北口

之一

幾間茅屋傍沙堤，繞過長渠又短畦。
半是瓜壺半荇藻，水窗圍滿碧玻璃。

之二

菰蒲深處野鳧家，薄暮携雛上淺沙。偶聽鈴聲來遠岸，紛紛水底蹴銀花。

之三

樹下魚鷹拳曲卧，草間虎蝶往來飛。昨宵新雨水初長，一路蛙聲噪夕暉。

之四

折葉攀條舊復新，年年橋畔綰風塵。燕南趙北君皆見，慷慨悲歌有幾人。

之五

魚罾挂處晚烟横，十二連橋水面平。

莫道打頭風浪緊，漁人相約夜中行。

金鄉古廟

之一

石柱銅甃廢復興，螭碑先後紀傳燈。
檐鈴滴盡空階雨，拜倒蓮花一病僧。

之二

九間雄殿坐須陀，禪板潮音昔最多。
剩有北朝碑碣在，僧房密結似蜂窠。

之三

重重院宇長荆榛，百尺雕梁買作薪。
争捨金錢期種福，可憐辛苦蓋樓人。

之四

鵾叫秋風老樹林，金爐香冷卧墻陰。
拈花佛子低眉笑，衰盛何關過客心。

有題

之一

曾催打槳迎桃葉，忽誤乘驄訪柳枝。
門掩春風鶯語寂，簾稀花影蝶魂痴。
敢誇金屋能相貯，何事瑶環降故遲。
幾次憑虚如識面，海棠旖旎晚風時。

之二

論價慚無十斛珠，巫山幻迹總模糊。

知卿不敢逢人說，使我頻煩折柬呼。
緑樹陰濃春漸遠，紅燈焰短夢方蘇。
是誰媒蘖成虛語，魂斷蹇修洛水姝。

十倩詩

之一

樹影扶疏緑透紗，來禽帖畔鬢横鴉。
倩他捧出紅絲硯，一幅鸞箋放墨花。

之二

花下停留月下過，一般風景費吟哦。
倩他爲酌推敲字，也自憑闌蹙黛蛾。

之三

檢點花枝樣不同，收來春色畫圖中。
倩他夜蘸胭脂水，半作深紅半淺紅。

之四

佳種分來絳砌栽，長携鴉觜劚莓苔。
倩他抱瓮頻澆灌，好待東風次第開。

之五

松子紛敲未下簾，支頤窗下手頻拈。
倩他舊譜翻新陣，一局楸枰紀律嚴。

之六

徐拂危床對月圓，思從指上訴纏綿。

倩他抱得瑶琴至，緑鬟臨風代理弦。

之七

蘭麝深沈繞鏡奩，龍涎燒盡擬重添。
倩他更撥金爐火，留住餘香不捲簾。

之八

緑蟻新醅貯瓮頭，生涯終日笑糟邱。
倩他纖手傳杯處，醉倒桃花對面樓。

之九

難遣愁懷酒慣傾，眠回疏簟尚餘醒。
倩他細煮龍團蕊，花外銅瓶響似笙。

之十

多病維摩體態銷，安排藥竈手親調。
倩他能識參苓性，細折桑枝帶葉燒。

題王懺生檡廊鎖紀

之一

詞苑新銜老稗官，牢騷一種寄無端。
如風妙腕翻瀾舌，當作南華秋水看。

之二

獨坐檡廊誰破寂，狂花落盡燕飛初。
世間無可同心語，信口雌黄賦子虚。

贈孫硯香畫師

之一

何處寄停雲，丹青絶代聞。
神仙郭從事，金碧李將軍。
獨艷梅無侶，高飛鶴不群。
小廊有明月，花下欲逢君。

之二

欲領溪山趣，因辭太白樓孫山左濟寧人。
關河堆客夢，風雨替春愁。
寄迹憐鴻爪，傳箋認虎頭。
吟囊今又滿，到處載名流。

渡汶水

汶水東來劃兩疆，風帆沙鳥望茫茫。
穩從驢背穿芳草，愛聽蟬聲噪緑楊。
墨汁翻時知雨意，翠痕流處辨山光。
中都尚有遺碑在，麟鳳摧殘憶素王。

晚渡

曲徑繞垂楊，輕舟一葦杭。
歌聲不知處，明月滿河梁。

朝發銅城驛至東阿

纔臨倉帝墓，又見魏王城。
高屋摇波影，空山出雨聲。
一蟬移樹去，雙燕趁人行。

忽聽晨鐘動，征塵百慮清。

管氏三歸臺

臺殿巍峨仲父奢，碑珉題記路傍斜。
赭衣幾夜纍臣夢，紅粉三行亞相家。
石礫烟沈珠璧絶，松楸風冷管弦賒。
青山相對如疇昔，依舊雕甍護彩霞。

項王墓

亞父之謀如能用，楚室得天亦正統。
隆準帝王自有真，蓋世英雄空如夢。
秦關百二誰能當，忽驅虎豹如驅羊。
一夫横掃豈能濟，前有陳涉後項王。
天心終屬赤帝子，斬蛇一劍兆硭碭。
鴻門談笑何揮霍，當時曾共入關約。

始知黄石老譎謀，已有勝算争先著。
淮陰餓夫能將兵，奇師四出傾連營。
江東子弟飄零恨，帳下美人嘆息情。
重圍無計策騅馬，頸血一濺長虹化。
何人馬革裹尸還，誓守鏵山不肯下。
欲賺漢帝且歸降，降我無如先葬王。
孤臣報主今已足，從容赴節何堂堂。
吁嗟乎，鳥已盡，兔已死，漢室功臣長已矣。
地下項王含笑看，高墳長伴將軍李。王自刭，後有李將軍者，守鏵山不下，高帝使説之。請以王禮葬王，葬後亦自刭，墓畔小墳即李將軍也。

東阿道上

之一

危坡似壁立，上見鏵山頭。

迴環抱諸嶺，蓬蓬雲氣浮。
峻崖無松竹，淺草飼羊牛。
忽聽殷雷發，征車過石溝。

之二

龍口怒噴沫，傳是馬跑泉。
清泠不見底，白晝生寒烟。
亂渠繞徑外，時有萬珠濺。
嘆息康樂句，石磴與流連。

穀城山下黄石

圯橋一隻履，爲王者師從此起。
博浪一囊錐，大索天下身幾死。
如何剛猛之英雄，化爲恂謹一孺子。
無乃當日事不成，亡命無奈出於此。

我今策馬穀城過，道傍有石可仰止。
下車再拜求石言，高卧烟霞呼不起。

古寺

繫馬長林外，前朝舊講堂。
花開諸佛笑，雨過一燈凉。
畫壁丹青暗，新巢燕雀忙。
文公今不見，誰憩白雲床。

文信國吊古處

昔日先生吊古楹，我來此處吊先生。
胸懷報國千秋節，目斷勤王萬里兵。
异地河山留正氣，離亭風月付閑情。
吟成策馬匆匆去，落日桑乾起恨聲。

又作文信國吊古處

柴市曾聞授命祠，未曾展拜奠椒卮。
而今道左停驂處，惆悵先生吊古時。
枋得來乎魂有伴，秀夫死矣國何支。
唐衢字字傷心語，寫作人間墮泪碑。

歸途

歸裝書劍太匆匆，回首西山畫筆工。
人語不聞孤驛黑，郵吏初盡一燈紅。
魚浮波面藕花雨，燕試橋頭楊柳風。
每聽悲歌頻駐馬，爲聞燕趙有英雄。

任邱苦熱

衆木生凉翠，濃陰小憩時。

買瓜園客醉，補衲老僧痴。
短榻人尋夢，長途馬解疲。
風來何處好，香送藕花陂。

宿德州

九達天衢記舊經，浮橋一帶接城扃。
車穿雉堞雨窪濕，路入魚田風氣腥。
遥渡帆檣如泛鷲，隔林燈火似流螢。
明朝界便分齊魯，早見横山數點青。

食瓜戲作

我聞浮邱之瓜大如斗，何不騎鶴尋仙友。
又聞天厨之瓜甘如飴，何不承宣拜玉墀。
在昔瓜戰雄且豪，金錢四座喧分曹。
亦有玻碗浮瓊液，以瓜爲飲王子驕。

或如鈎弋拳，或如皋陶面。
左列黄團右緑香，美人操刀水晶殿。
豈無真君子，瓜田不納履。
舊日青門故侯家，轉眼荒圃秋烟裏。
吁嗟乎，碧玉年華不可留，瓜期既代將焉求。
會策錦韉早歸去，刻作花瓜獻女牛。

余二十初度有詩，今年届三十，壯不如人，下第南歸，倉皇道左，有感往昔作此

二十至三十，猶如一瞬焉。
執筆思往事，序次類編年。
在昔歲丁丑，學古志精專。
課餘事吟咏，聽雨詩成編。
明年應省試，英俊萃一船。
笛唱秋風裏，纜挽蘆花天。

己卯再經過，汝蔡走星駢。
鶚薦未豐滿，買舟迂道還。
庚辰謀生計，終歲守硯田。
嘉平次女生，綉褓招人憐。
今皇初御宇，刻苦擁青氊。
四試遭擯弃，太息文字慳。
壬午春食餼，才華人共傳。
煉就穿楊技，思發如涌泉。
賢書擢首薦，平地快登仙。
癸未赴公車，西行趙與燕。
爲吊平原君，勝地輒流連。
春明未暢游，落第復言旋。
甲申之正月，次女慧且妍。
飲藥誤以殤，阿母日涕漣。
授徒十八子，月旦求真詮。

廣收藥籠物，洵非散木捐。
清貧歷乙酉，養晦志彌堅。
春衣長典盡，脱簪妻佐籩。
嬌小太原女，歸余蒲節前。
幼讀相人書，意態自便娟。
食貧無怨尤，闉闠樂怡然。
經冬索逋來，喧呶達几筵。
竟夕不成寐，兀坐心如煎。
方冀今年科，可以解倒懸。
携囊出門去，風雪壓雙肩。
依然歌旣燥，登瀛悵無緣。
六月歸故里，解裘作腰纏。
炎暑汗浹背，苦雨走且顛。
出都十九日，方至洸涘邊。
今朝逢初度，志之南旋篇。

琴臺

蘆陂烟水繞琴臺，古調沈淪想吏才。
剩有鳴蟬千萬樹，好風如送亂弦來。

草橋

之一

新波淹過草橋西，橋下時聞水鳥啼。
不識鈎輈作何語，見人飛起又雙栖。

之二

妾家結屋傍山陰，郎日摇船住水深。
山石堅貞如妾志，水波飄蕩似郎心。

單縣劉氏園亭

疊山潴水費經營，萬片魚鱗積歲成。
楊柳護門無日到，桃花落樹有烟生。
尋來邱壑逃塵網，看遍林巒冷宦情。
十丈晴堤鶯唱晚，摇鞭人在畫中行。

阻雨

西風吹落葉，天氣晚來陰。
愁重難勝酒，寒生獨擁衾。
濕雲不歸岫，夜雨自鳴林。
短壁無燈火，惟聞蟋蟀吟。

有感

深夜蕭條寄短郵，一窗風雨近深秋。

家園重到羞金盡，歲月虚過悵水流。
燈爐似憐人獨坐，酒尊難解我新愁。
歸來欲把斑衣舞，博笑高堂忘白頭。

歸題内書室

出山兩度笑空回，閉户甘教作弃材。
妾自執炊妻抱瓮，書猶滿架酒盈杯。
半間矮屋當窗坐，一院秋花對水開。
葉落庭階童未掃，主人久不下堂來。

祭先大父觀察公墓

翁仲巍峨衛殯宫，招魂空見大夫松。
辛勤育得螟蛉後，來拜斜陽馬鬣封。

放懷

富貴浮雲一瞬過，看空世界好高歌。
談經志士樵夫笑，罷獵將軍醉尉訶。
綠柳頻年驚歲晚，青山自古閱人多。
書生欲問千秋業，李杜文章氣不磨。

亦岩叔置二姬，一雙杏，一雙桂。舊有杏桂聯芳軒，因室命名，徵題賦此

花鈴花鼓動連朝，桃葉桃根降此宵。
金粟香濃垂寶帳，玉樓春暖舞紅綃。
漢皋佳話珠同贈，京兆風流筆共描。
八面綺窗三面閣，也栽名卉也藏嬌。

題蔣子瀟春山侍硯圖

昔傳君所有名硯，十載珍藏未得見。

金城失後風流稀，會展春風與靦面。
蕭家侍兒郭家童，踐董超瑕絶代容。
錦帕纏頭歌緩緩，彩綃著體態重重。
雜花滿樹草初長，一角春山撲翠幌。
棋罷何妨携妓來，酒酣却愛聽鶯往。
座中俊眼爲誰青，願侍才人翡翠屏。
偷把櫻桃呼小字，笑拈紅豆結深情。
君才馳騁天下少，欲對溪山補吟稿。
一條瘦玉傍間行，鸜鵒捧出紅絲繞。
我聞金閶古渡頭，杏花時節蕩輕舟。
情盡溪頭不忍別，泪痕滴向水東流。
又聞芙蓉葉底雙，翠語寸心默默兩相許。
洪都公子亦多情謂熊芋香孝廉，鞠部爲聯新舊雨。
惟此拈毫畫作圖，天涯相伴有子都。
贈題空遍洛陽紙，憶別還憐合浦珠。

世上幾人解愛才，如卿丰致自佳哉。
案頭也有琉璃匣，誰共隨身咏玉臺。

題載花春泛圖

之一

柳絲吹動晚風柔，春水初生碧似油。
聞説吴娘工打槳，也摻花影蕩輕舟。

之二

横塘一望碧迢迢，萬樹濃陰護板橋。
纔聽推窗人不見，湘簾深處露垂髫。

之三

一聲欸乃畫舟停，香氣熏人酒未醒。

戲把釣魚竿在手，柳花風裏打蜻蜓。

之四

昏鴉栖盡燕初回，野水迷濛霧未開。
挑起蓮燈船外坐，飛蛾撲上玉釵來。

題鄭香尉朵蘭圖

君胡不爲鷓鴣鳥，越王宮殿啼昏曉。
君胡不爲櫻桃花，丹唇不語臉飛霞。
但愁零落春無主，解識春風喚香祖。
安得妍華日日新，君自高歌妾自舞。

窮居

窮居無事足怡神，白版烏絲日日新。
枕上長吟燈伴我，花間高咏鳥依人。

枯腸細索方知苦，舊稿重删總欠醇。
敢抱一編期壽世，暫容嘯傲葛天民。

卷第四

戊子至甲午　古蓼　李卿穀　紅樵

詩卷紀事

點點霜華染客袍，北風長道馬頭高。
開編偶志新年事，元旦登程第一遭。

將之大梁出裏門有感

鴉雀猶知理舊巢，鐙聲偏帶早霜敲。
瑕尋白玉才招忌，貲結黃金世絶交。
未報春暉慚菽水，空懷幽徑築衡茅。
蓄疑欲向靈龜問，可是明夷第幾爻。

宿郊外

門外南山對草堂，風催緑意到垂楊。

陳醪乍擘香尤烈，野菜重温味更長。
多積圖書堆短案，亂懸蓑笠曬斜陽。
何年得息勞人駕，一畝宫圍十畝桑。

貧家女

碧玉貧家女，深藏貌甚都。
夜鳴九機索，朝汲雙轆轤。
堂上長依母，山頭不望夫。
布衣偏自喜，未識綉羅襦。

卜宅

我今擬卜宅，卜宅南山前。
短墻圍杉竹，老屋傍雲烟。
花氣逾椒麝，鳥聲佐管弦。
煮酒開春瓮，買魚問釣船。

壤腴宜菽稻，時和多豐年。
閉門無剥啄，草堂歲月延。
菽水既靡缺，乾餱亦無愆。
塤篪樂倡和，著述遍丹研。
紅窗妻妾笑，子女環几筵。
豈必絶交游，風月與周旋。
讀書期報國，所憎是夤緣。
鶺梁濡其翼，華衮亦徒然。
此邦風俗美，佳氣繞山川。
人文徵鵲起，科第兆蟬聯。
但少信與義，頗化息之偏。
常存季布諾，廣置范氏田。
四方頌仁里，百室樂堯天。
問臣往何處，讓水與廉泉。

出西平遇游女歸車

長堤緩緩走牛車，亂坐村姑滿鬢花。
四面蘆簾圍碧玉，鈴聲不斷又歸家。

上元宿許昌

街衢處處燒紅燭，廟社重重裹彩旗。
戊子上元明月夜，許昌城外下車時。

寄箟室

依依堂上勸加餐，解事能令大婦歡。
花下題詩長代草，月中同夢早徵蘭。
抽薪莫怨晨炊濕，壓綫須防夜綉寒。
欲把相思寄紅豆，丈夫有泪豈輕彈。

道上行

社鼓鼕鼕走野巫，誰家招魂屋上呼。
觀者摩肩如五都，兒童拍手笑道途。
旁有老人言且吁，此家赤手致膏腴。
紅粟盈倉金滿厨，甘啖黄齏雜糠麩。
昨宵顛躓病不蘇，猶催愛子徵田租。
衛身藥餌不肯沽，哀號惟乞邀神扶。
瓦爐冷水神來無，惟有小鬼黑夜來揶揄。

桂枝曲

銀河灔灔團秋影，香霧温酣夜不冷。
流雲成陣逐金飈，姮娥笑幻蟾宫景。
一枝秀出落人間，十八年中走彈丸。
不披鶴氅趨仙掖，暫借鸞輿下廣寒。

簾前記按霓裳曲，膚是瓊瑤骨是玉。
曾孕檀心一寸丹，長圍葉幄雙鬟緑。
蓮燈夜夜照輝煌，各摘花枝付錦囊。
豆蔻梢頭猶婀娜，枇杷門巷未荒凉。
北地胭脂昔游遍，今宵重歇風塵面。
從此揚州夢覺難，漫天金粟花身現。
杜宇聲聲勸歸去，咫尺望斷紅墻路。
好蟠丹霄不老根，來年還許吴剛顧。

疊前韵

罡風吹墮金粟影，廣寒宫閉銀蟾冷。
青驄不逐油壁車，桃葉渡頭無好景。
遥指明河縹緲間，雙星耿耿耀金丸。
重到晴湖鴛夢斷，再來華表鶴聲寒。
一聲河滿翻新曲，從此藍田失美玉。

貯泪欲添萬斛紅，分曹那記千尊緑。
銀凫焰短罷輝煌，不見舞衣見佩囊。
錦衾昨夜春風暖，綉帳今宵明月凉。
十二闌干新倚遍，輕盈誰似梨花面。
王母無端駕彩鸞，碧城頃刻虹橋現。
開到酴醿卿已去，芳姿渺渺隔雲路。
惆悵吴剛無斧柯，莫怨姮娥少留顧。

登吹臺

七年五度大梁來，未及登臨上此臺。
柳絮成團堤外卷，桃花含笑水邊開。
沙騰河朔高帆影，馬嘯中原古戰堆。
憑眺不辭頻醉倒，况逢祖餞有群才。

宿六安藕塘

插秧天氣晚晴宜，人滌煩襟馬解疲。
歸燕遠尋南北舍，濕螢低傍短長枝。
酒旗影對斜陽繞，麥餅香生隔户炊。
最好藕塘風起處，無邊圓葉緑參差。

舒城

潘岳年華尚故吾，一鞭殘日下平蕪。
渚横鵲尾千畦接，山到龍舒四面鋪。
藥餌隨身防病豎，溪橋沿路問征夫。
夜闌怕聽蕭蕭雨，起對寒燈照影孤。

偶作

故宅飄零樂事稀，全家依賴竟何依。

自憐身比梧桐樹，一葉飛時衆葉飛。

寒蟬

古道新添旅客思，晚風斜日促鞭絲。
秋蟬何事頻頻訴，咽斷肝腸自不知。

渡黄河

北風吹水水成冰，隔岸呼船船不應。
肩挑車輦滿河上，黄沙撲面如刀棱。
忽傳道路羽書急，舟子敲冰群弄檝。
高頭碩馬據當塗，方面紀綱船上立。
執鞭亂笞争渡人，紛紛足滑墮水濱。
須臾安坐方容載，更有惡胥踞要津。
胥徒畏官兼畏僕，獨見行人雙努目。
大聲索錢盈囊槖，飽啖不顧人枵腹。

一聲咿啞向中流，濟者歡然未濟愁。
眼逐飛鳥穿雲去，亂冰滚滚無來舟。
我思此際歲將除，奔馳誰不念妻孥。
縱難天下兼施濟，忍見河干共怨呼。
當事何不籌良策，舟行計日定成額。
官船貨舶不相凌，輕舠專送征途客。
風利難泊可奈何，更祝馮蠵願切和。
年年浪静波平日，一路榮光發棹歌。

老兵行

龍鍾老人窮且苦，蓬頭跣足坐炎暑。
瘦骨伶仃白髮飄，雙目炯炯猶能語。
自言梁益起鯨鯢，八九年間喧鼓鼙。
官軍心慴不敢進，戰士夜敗走巴西。
鳥道蠶叢作巢穴，紅妝高踞蜀山月。

秦棧時來借餉車，巫峽常流殺人血。
大帥召募下山東，羽書飛馳汗馬紅。
方鎮開門收軍册，刺史出郭勸從戎。
吾村相約三百人，自投名姓到軍門。
鈴閣森嚴懸虎帳，將旗繚繞展虬文。
大令鬪傳下細柳，無譁群息貔貅吼。
星符昨夜來徵兵，相期三日潼關走。
愁雲漠漠鳥飛遲，正是征人上馬時。
黄口白髮哭相送，拭泪吞聲不敢悲。
回頭猶望故鄉樹，咫尺不見生烟霧。
朔風暗動畫角哀，霜花欲染雕鞍素。
疾雷駛電去如梭，晝服櫜鞬夜枕戈。
萬里驊騮奔道路，一群鵜鶘出關河。
勝算奇謀天下少，遍地烽烟從此掃。
美人智盡喪黄泉，健兒力窮竄白草。

朱鳶站站又飛還，凱歌聲裏進雄關。
却看今日紅旗捷，一脱當年鐵甲寒。
可憐昔日舊戍行，二百餘人死戰場。
没者已矣生者喜，親鄰載酒洗行裝。
居家又羡居官好，論功授職赴長道。
惟我埋頭不肯行，幾年宦海風波擾。
詢知瘴癘多傾危，妻子飄零不得歸。
高垣幾處故人宅，荒烟蔓草對斜暉。
老人言罷復悲愴，手指胸前箭鏃傷。
黄騶年少今何在，老病猶及見故鄉。

邯鄲道

功名如爆竹，一震不復繼。
惟從經籍來，光氣燭天地。
富貴若雷奔，一瞬不復至。

庶幾命中獲，優容有餘味。
世人枉欲争，勞勞誠難記。
所以古邯鄲，曾表黄冠异。
彼睡自能醒，此醒皆如睡。
打破世網塵，便有神明契。
憂自樂中生，安從危處致。
不必四十年，萬古誠不敝。
聖賢垂教人，身心占實際。
若盡學神仙，虚空又何事。

除夕宿白河感懷

之一

頻年那及謝驅馳，又是星回斗轉時。
片刻錯難千古鑄，萬重山待一肩移。

凌雲何處逢楊意，舊雨無人説項斯。
羞向侯門彈劍鋏，此生端不負鬚眉。

之二

多少聰明没草萊，况兼貧病費狂裁。
文章漸短雲霄氣，歲月虚增枳櫟材。
一領綈袍塵裏著，數星華髮鏡中來。
英雄創業原非易，拊髀天涯志欲灰。

之三

賣賦長安累此身，劇憐終歲等勞薪。
碧空未必無騰翼，流水何曾有住鱗。
暫斫黄楊銷厄閏，盡抛紅豆了塵因。
客途早與青山約，他日相依莫厭貧。

之四

涕泗窮途老步兵，猖狂二字誤生平。
乾坤未肯容奇氣，鬼蜮都能毁盛名。
馬齒添來惟病竪，鴻飛到處有愁城。
淒涼舊歲難爲餞，聽遍千家爆竹聲。

題武部丁文樹本詩集

男兒富不敵國貴不侯，胡能獨出萬人頭。
矍鑠高咏長安市，目無百千萬億之庸流。
繞屋有名花，堆床有美酒。
滿架有奇書，叩門有良友。
花開酒熟故人來，執卷中間一老叟。
此叟風調古今稀，身頎而長膚革肥。
文章經濟世所重，留住鵷行不放歸。

少陵築草堂，放翁買鏡湖。
薊門名勝供游娱，退食之閑尋樂地。
健步無須九節奴，少壯風波老大情。
遭逢都向詩中鳴，孤蓬不扶而自直。
古月照人還共清，無聲之聲流真響。
山空木落天風爽，興酣老腕運如飛。
一時意氣人無兩，我愧侯芭問字遲。
登堂得讀先生詩，先生之年七十而有奇，
先生之詩壽諸十世百世而無疑。

黄金臺

致士何妨自郭隗，黄金不惜造高臺。
樂生獨負英雄略，能破齊城始敢來。

醉後書懷

火潑墻陰杏欲紅，離愁難盡酒尊空。
息交慣學蓬頭懶，多病猶存鐵骨雄。
徒有高情托明月，惟餘笑口對春風。
長安未必居非易，自揣逢時技不工。

夏日同沈秋漁、駕部徐伯華、太史王春巖、儀部王春綬飲尺五山莊

仄徑携行曉露零，山頭危閣水心亭。
饒儂更起秋來興，斷葦殘荷帶雨聽。

先君題洛神一絶，忘首聯，友人索題足成之

水佩風鬟不染埃，忽因騶導蹋波來。
可憐江上如花女，費盡陳思八斗才。

饋丁文齊山茶

齊山雨足龍團蕊，來佐先生兩腋清。
曉夢初迴春一枕，午餐新罷酒三觥。
香傾玉液濃翻雪，火沸銅瓶響奏笙。
拄腹撐腸文字在，好驅詩律破愁城。

題畫蘭册子

之一

燕市名花取次看，看花花事漸闌珊。
春風氍毹三杯酒，贏得桐郎六幅蘭。

之二

筆露流芬見素枝，空山明月寄相思。

幾番披向春風裏，差勝焚香讀楚詞。

之三

烟霞骨格薜蘿襟，合在三生夢裏尋。
石若能言應更好，朝朝花底訴同心。

之四

阿誰劚破白雲根，補入晴窗澹有痕。
知是吴儂能寫照，才人風調美人魂。

之五

寫生不減史滁州，十斛都梁卷裏收。
艷説家家團扇上，紅泥小印署馨侯。

之六

當門誰與護蘭芽，老幹分香供碧紗。
擬買藤溪三百本，教卿筆下盡生花。

桐花鳳

之一

鳳借光輝翠借輕，莫嫌幺小竟無情。
夜深衹恐風吹去，倒挂枝頭太瘦生。

之二

花似兒家鳳似郎，一生相伴衹花房。
漫嗤不及鴛鴦鳥，收盡人間萬斛香。

之三

露下瓊蕤點綴勻，舞樓歌扇一時新。
玉峰劫轉黄羊後，好向釵頭覓化身。

之四

玉櫳金井薄于烟，記否丹山久住年。
花底秦宫空自活，那能傲爾小飛仙。

都門雜感

之一

父櫬西凉母白頭，祖恩兩世倍難酬。
家無取給兒知泣，庭有徵償婦對愁。
堪嘆棣華常斂蕚，更憐柳絮不禁秋。

枌榆一掬傷心淚，分向淮黄二水流。

之二

少年意氣競豪華，裘馬翩翩絶代誇。
紫陌朱樓春結客，青山紅粉醉爲家。
鳳毛早擅無雙譽，蟾窟先開第一花。
今夜寒更偏警夢，倍添惆悵在天涯。

之三

蓬山芸閣望茫茫，潘鬢驚看漸有霜。
鷃薦空懸知己淚，鶴飢誰作饋貧糧。
感人秋氣桐先落，減我春情絮不狂。
自計此生艱進退，客郵渾似觸藩羊。

之四

天撑瘦骨鑄維摩，兀坐惟餘擊劍歌。
明月滿庭萬花影，家鄉兩地一黄河。
機邊錦字渾難織數月未得家書，鏡裏朱顔不受磨。
跕跕飛鳶無著處，昂頭空見五雲多。

之五

惟有書生面目真，布衣何事諱言貧。
星雲幸得瞻斯世，冰雪還須煉此身。
寒士論交杯酒重，异鄉怯病藥爐親。
昨宵一覺封侯夢，也算黄粱熟後人。

之六

聲價龍門早識韓，未容歸伴老漁竿。

白頭事業垂成晚，赤手家園再造難。
小草在山稱遠志，大風有客卧長安。
金裘何故頻年盡，重展匣符子細看。

之七

慷慨當筵碎唾壺，未防樂地即窮途。
敢誇富貴行年有，漫説聰明舉世無。
往日愛花如性命，連朝中酒減肌膚。
而今悔却猖狂態，難轉陳遵舊轆轤。

之八

問余何好亦何能，豪氣年來漸不勝。
錯步防如臨坂馬，歸心疾似脱韝鷹。
一簾風雨人聲静，半榻琴書夜漏澄。
照我鬚眉知我意，窗前明鏡案頭燈。

留京邸未歸

夢斷大刀頭，年華逐水流。
髮疏辭細櫛，骨重愛輕裘。
一劍隨身慣，三杯勸客留。
遥看鵷鷺隊，也許伴沙鷗。

春至秋暮家書未至

落葉長安景物非，三年羈客悵斜暉。
老親有夢詢安否，稚子無知揣瘦肥。
常驗眉梢開鏡匣，强將心曲寄琴徽。
傳書欲問銜蘆雁，祇向南翔未北歸。

冬夜

矮屋尖風吹破紙，孤衾長夜冷于水。

一燈明滅夢初回，隔院笙歌猶未止。

都門除夕

花燭紅裏坐多時，自舉鄉風燎柏枝。
蛆瓮猶浮今歲酒，鸞箋待寫隔年詩。
鼓催銀箭歡雷動，火壓金爐暖氣滋。
遥憶家園當此夕，老親含笑抱孫嬉。

立春日雪用尖叉韵

之一

遥空玉屑落纖纖，信到條風勢轉嚴。
綺陌暗垂雲母帳，春盤新貯水晶鹽。
先拋柳絮來簾額，爲佐花枝上帽檐。
化作恩波流更溥，土膏催動快犁尖。

之二

營巢聲欲换慈鴉，青帝今番降素車。
壓鬢經時黏彩勝，撲衣蒲幅綉梅花。
多添沽酒人來市，留住尋春客到家。
白戰却輸詩律細，東郊吟望手頻叉。

夜夢歸家仍用尖叉韵

之一

疏窗月影透纖纖，夢轉鄉關入夜嚴。
四載勞塵餘翠髮，一盤清味記紅鹽。
馴貓識主登長榻，乾鵲迎人噪短檐。
嬌小柳枝猶似昔，黛螺輕掃兩眉尖。

之二

門前高樹舊巢鴉，陌上纔迎返郭車。
故徑依然栽芍藥，小樓仍自醉桃花。
友皆知我春歸舍，婦不羞儂夜到家。
客里關河渾不識，夢行偏認路三叉。

步東坡除夕詩三首送鄭春溪屯田

饋歲

故人惠我詩，佳茗來相佐。
煎茗發吟箋，饋歲此爲貨。
歲事有豐儉，歲華無小大。
盡添校尉厨，誰管袁安卧。
酬酢競奢華，飣盤堆滿座。

寂寞如僧寮，分齋傳鍛磨。
佳節各紛紛，同在眼前過。
高咏向長空，浪浪天氣和。

别歲

人恐歲行早，我恐歲行遲。
新機將已轉，舊臘何須追。
我生及壯歲，奔走天之涯。
三爲燕市客，上書不逢時。
共驚潘鬢改，難眄沈腰肥。
道上叩君平，令我且無悲。
歲逢金虎旺，定與厄閏辭。
鴻毛風正順，青雲志勿衰。

守歲

歲尾復歲首，勢如常山蛇。
首尾一瞬間，其中安可遮。
庭燎照有光，數問夜如何。
歡雷萬户動，誰能禁無嘩。
燭花開如盞，不用羯鼓撾。
歲内斗猶整，歲外杓已斜。
行樂須及時，寸陰莫蹉跎。
曉窗聞雀喜，好事今可誇。

陽湖史烈婦詞

觀察息女方伯婦，堂堂華冑聯嘉耦。
黄楊厄閏黑海濤，蕭蕭家世等覆巢。
惟有精心如鐵石，安危順變不能易。

松柏纔得附蔦蘿，何堪平地生風波。
夫子遣戍邊城裏，此身雖在此心死。
陽和草木新回春，破鏡重圓情倍親。
果然舉案樂晨夕，牛衣亦足慰清貧。
送窮無術謀糊口，零落空房獨自守。
年年壓綫挑寒燈，深藏不看樓頭柳。
漂摇風雨靡有家，更兼繞膝無蘭芽。
天公特試堅貞志，少微星輝隕彩霞。
陡聞消息心痛折，不願孤生願同穴。
枯蟬抱樹甘長飢，縱勸加餐何忍咽。
穗帳凄凄風日寒，黄鵠哀鳴雁聲酸。
可憐回憶生平事，柔腸斷盡泪痕乾。
扶床黯澹餘隻影，焚殘綉篋吟魂冷。
但知潔白留人間，夜臺相伴摩笄嶺。
不許薄命嘆如絲，黄土有幸埋幽姿。

他日女貞松下看，纍纍應發連理枝。

龍樹寺

客裏尋春不厭賒，馬蹄緩緩蹴蘆芽。
風前緑蘸臨池柳，雨後紅催出窖花。
重到園林叢樹暗，遠來山色澹烟遮。
編籬畫壁忙何事，盡倩僧家作酒家。

陶然亭春望

蘆芽一碧水彎環，爲近清明得暢顔。
如此風光如此月，最宜樓閣最宜山。
迢遥旅雁來天外，蹀躞花驄起陌間。
多少公卿門下客，振衣猶待散朝班。

獨眺

囂塵那得草堂關，暫借浮雲半日閑。
車馬喧闐弦管盛，偏容孤影看西山。

秋影山房雜咏

之一

屋角移子猷竹，墻陰補懷素蕉。
席帽壯情卓犖，鞭絲鄉路迢遥。

之二

似寒不寒天氣，將落未落斜暉。
巢燕欲留春住，啼鵑莫勸客歸。

之三

舊闢羊腸小徑，新編麂眼長籬。
莫效馮君彈劍，且看謝傅賭棋。

之四

囊無餘錢戒酒，庭有隙地栽花。
墻外車停何處，樓中笛起誰家。

之五

詩被客來阻興，夢嫌鳥喚驚醒。
暫學莊生守黑，當邀阮氏分青。

之六

小草争春無路，歸禽拍樹有聲。

昨夜猶聞風雨，今朝恰是清明。

梅妻鶴子圖

當門老梅樹，鶴倚樹根眠。
隔窗看鶴起，有客到門前。
左持一壺酒，右持雙豚肩。
入室無别語，邀我至山巔。
西嶺皓月上，萬里無纖烟。
三杯亦已醉，鶴來招我還。
疏窗横清影，歸夢羅浮邊。

梅花

之一

山空木落忽逢君，枝幹楂枒老不群。

冷澹情懷惟爾慣，清高品格與誰分。
飛來姑射岩頭雪，化作羅浮頂上雲。
手折一枝思贈遠，恐吹羌笛落紛紛。

之二

暗香冉冉動寒飔，獨起開門放鶴時。
千里書稀人未到，五更夢醒我先知。
籬疏水淺三冬盡，酒熟燈闌四壁詩。
從此瑶臺好明月，黄昏祇許近南枝。

次胡雪門除夕原韵

屢促歸鞭却未能，倉皇度歲百愁增。
傲人長物新詩稿，伴我窮年短案燈。
不信有才都嗇命，自來無益即非朋。
凌風振刷冲天翼，好到蓬萊第一層。

別塾晚步寄袁龍溪

林梢一日一番新，三月長安始見春。
曲徑風柔花未落，平疇雨足麥初勻。
車聲遠道趨朝客，帽影斜陽罷市人。
説與故交幽趣愜，門無剥啄室無塵。

昆明湖

層橋高跨水平鋪，斜日亭臺入畫圖。
捲地風來塵不起，楊花飛滿綉漪湖昆明湖一名綉漪湖。

患之甚者，必有物以憑之。昌黎《逐瘧詩》《送窮文》，一禳逐，一解嘲也。病齒創甚，無計遣除。偶倣其義，名曰《驅牙蠹》。假管城子之靈，或療吾患乎

牙蠹牙蠹爾胡虐，誓將翦除爾之惡。

昔者憸人有易牙，豈其主之爲殃耶。
又聞堯時有鑿齒，爲生民患厲所始。
其餘癰瘍之輩助爾勢，一旦栖吾頰輔際。
胡不思朝分甘夕拾慧，偏自逞强梁毒口暗。
相噬密稚層層排，欲縱陡覺針芒穿。
百空但期墮落不復生，未必拔除還堪種。
厲之來兮，依耳爲藪。
育子食我骨，縱火灼我口。
其苦萬端蹙眉捧目，暴虐已極罪難勝誅。
吾聞騎虎真人捋虎鬚，能裂爾肌毁爾膚。
別有刀圭著藥經，皆能攝爾之魄滅爾之形。
爾奚淹留不肯去，敢向牙床爲盤踞。
祇待和緩國手來，定使爾身無藏處。

對鏡

之一

四載燕臺客影孤，心齋長坐幾忘吾。
誰知一握菱花裏，照見高陽舊酒徒。

之二

形影相隨卅五春，含嗤欲問鏡中人。
襟期拓大鬚眉壯，席帽緣何未離身。

書懷

添愁翻怕酒頻澆，孤影寒燈伴寂寥。
深夜眠遲防夢噩，隔年人見説顔凋。
桐因蔡氏方留尾，柳獨陶家不折腰。

惆悵天涯幾知己，祇宜彈鋏莫吹簫。

清明同友人登陶然亭

雨後遥天黛色拖，推窗四面好風和。
最難勝友聯翩至，肯使清明寂寞過。
繞檻池塘芳草短，傍山城郭緑楊多。
酒壚又訂來朝約，去訪燕臺擊筑歌。

早春移帳海淀，五月復還，舊齋道上口占

春風二月叩林扉，安置琴書對翠微。
花事已闌鶯漸老，好時節過又言歸。

喜田胡文圃同年得家耗

早識天涯如願難，貧家相盻祇平安。
老親病減能離杖，稚子嬉游不著冠。

豆櫪夕充容驥駐，雲程春暖待鵬摶。
蓬廬更有關心事，手植新花已滿欄。

戲題詩卷後

簫韶聲裏鳳凰游，海内才名卷軸收。
列座小儒皆咋舌，登壇老將亦低頭。
最宜位置鴛鴻路，直欲踢翻鸚鵡洲。
不是三生因果在，何能咳唾擅風流。

春泛圖

盈盈春水漾簾旌，緑樹門墻一對鶯。
聞報桃花開洞口，全家齊上畫船行。

雜詩

之一

不知新樣近如何，獨對春山畫黛螺。
行到桃花頻佇立，此時顏色較誰多。

之二

闌干十二隱芙蓉，一枕春酣睡正濃。
阿母催妝剛喚起，珠簾不捲鬢蓬鬆。

之三

銅環寂寂隔花敲，門掩雙栖小鳳巢。
何事南園狂蛺蝶，飛來只近海棠梢。

之四

萬花開處照清膚，一幅文君掠鬢圖。
莫道浮萍終逐水，秋風也自憶莼鱸。

送王麓閣返霍邱

别時翻悔見時疏，縞紵論交愧弗如。
悶去登樓秋老後，醉來拔劍月明初。
遍充枕篋驚人句，銷盡金裘挾策書。
今日爲君傳梗概，燈昏猶憶話蓬廬。

晚步宜園

暮春天氣乍陰晴，曲徑縈紆帶露行。
花影滿階酣蝶夢，溪痕一夜助苔生。
聽鶯林外貪長坐，叱犢人來趁曉耕。

過眼廢興莫憑吊，殘碑題句盡公卿。

秋林合樂圖爲蔡祝封題

蓬萊頂上新凉早，珠露無聲銀漢曉。
分得廣寒殿裏株，漫天金粟香雲繞。
憶昔麻姑下降時，靈根濃茁萬年枝。
绛雪丹增容麗冶，元霜飲换骨清奇。
不願雞犬飛升去，全家暫向紅塵駐。
結廬豈必雜凡囂，爲擇林巒最深處。
連阡接陌畦如雲，中有樓臺接紫氛。
桂梁椒壁通蘭户，此地常來鸞鶴群。
檐際高梧蔭百尺，秋山一角亭亭碧。
芭蕉棕櫚古藤蘿，绿侵几案讀書册。
文房位置俱天然，尊彝盤盂樸而堅。
绿綺一囊環座右，清風習習來柔弦。

主人好客如北海，更兼豪富比崇愷。
謀生每笑足穀翁，投轄高情日不改。
秋軒危坐軀昂藏，汲泉煮茗奚奴忙。
龍媒犀角互嬉戲，依依相伴蘭階傍。
小婢拈花香在手，嬌嬈廣爲金屋有。
大家風範尤端莊，抱珠斜窺朱鳥牖。
我聞昔日王楊家，峨峨甲第連雲霞。
春花易散秋月老，管弦聲歇珠旗斜。
又聞烟波浮家子，終身甘老泉石裏。
一僮一婢了生涯，夢入蘆花呼不起。
如君樂道安清閑，滄桑詎能凋朱顔。
畫工其寫方壺山，無乃天上非人間。

贈祝閬峰學博林

毷氉頻年興倍饒，翩翩濁世見丰標。

短衣長劍歌千古，紅粉青山賦六朝。
幾見修鱗常伏沼，定知健羽早衝霄。
傲他多少窮經客，冷署秋風白髮蕭。

山花

山花不見人，搖蕩舞芳春。
過客偶相訪，含姿倍有因。
凄凉歷霜雪，落寞托荆榛。
倘作雕闌護，妍華歲歲新。

下第

漫向鑾箋訴不平，蕭然書劍一身輕。
自慚白屋皆虚願，敢道青天有世情。
來日苦還多此日，今生受者是前生。
常鱗凡介休相誚，縱困泥沙亦得名。

西山

春指西山來，夏辭西山回。
來時對面見西山，爲報山靈我入關。
去時兩日長安路，回首見山不忍去。
心依西山爲故友，廿載京華交最久。
熟知我去山弗留，我對山愁山不愁。

題郝柳川同年韶景南鴻詩草

人皆驚傲骨，我獨羨雄才。
豪氣酒澆出，好詩愁送來。
亂山雙屩健，老屋一燈陪。
載得吟囊滿，天涯作客回。

冬晚書懷

賦閑詎敢怨斯飢，日閉蓬門自著詩。
最好睡情剛醉後，無多雪意晚晴時。
入簾明月摇孤影，繞屋梅花見舊枝。
不是爲貧求禄養，肯容貽笑北山移。

卷第五

乙未至丙申　古蓼　李卿穀　紅樵

小引河阻雨題壁

梅花吹落客窗前，六上春明誤壯年。
長道人疲車似屋，孤村燈暗雨如烟。
思酬漂母窮途飯，悔費君平卜肆錢。
潦倒不辭心力瘁，鷄聲催我著先鞭。

贈陳州賈秀才超凡即以留別

翦燭西窗話舊時，幾年潘鬢竟成絲。
長眠酒國人難見，屢困名場世不知。
十里白雲高士宅，半城紅樹故鄉思。
興來豪氣看猶在，斜跨雕鞍任馬馳。

即席留別諸友兼致同年郝二

昔年桂籍有狂客，義重如山世罕敵。
家貧命嗇膽氣粗，甘弃功名無慍色。
泛濫之水不可留，汗漫之交不可求。
我今驅車宛邱道，慷慨多遇斯人流。
長沙懷才猶初服，常君萬君非碌碌。
一見不難披膽肝，况是傾耳聞聲熟。
傳杯拇戰飲且豪，雄談驚座詞翻濤。
燒殘樺燭不知倦，鷄聲催出紅輪高。
更倩新交告舊雨，善寶龍泉莫輕舉。
出門言别别尤難，梁間嬌燕殷殷語。

慈母壽辰途中恭紀

遲遲天際戀春暉，壽母今朝届古稀。

雲路殷勤毛義檄，風塵慚愧孟郊衣。
鷄豚代養欣中饋，桃李含芬憶舊幃。
河朔白雲瞻望遠，一雙皋鶴正南飛。

謝樂陵令宗燮堂同年元醇

咫尺雲泥迹已陳，漫言俗吏半風塵。
一千里外鶯求友，十四年前雁序賓。
愧我萱堂遲捧檄，假君花縣暫停輪。
從今不笑山陽令，勉著先鞭慰故人。

賢良門引見恭紀

日華初動闢賢良，水緑宫橋柳帶長。
豹尾整嚴森拱衛，鴛行羅列備趨蹌。
至尊慎選親民吏，下士欣瞻出政堂。
繁響不聞人語寂，星雲糾縵拜天章。

下第後謁薦師諶保初先生

青萍結緑謬相期，溷迹泥塗實自貽。
君相漫言能造命，生平從此不談詩已列前茅，以詩中一字訛見遺。
六州錯鑄驚心早出闈即知字誤，千佛名抛膜拜遲。
翹首公門桃李樹，春風墻内發新枝。

菘

之一

幾日烹葵又斷壺，園丁新摘露華濡。
青精飯熟黄芽美，一幅秋林晚嚼圖。

之二

久處衡廬耐素餐，書生口腹太清寒。

而今要預調羹事，先作人間菜色看。

之三

一鋤新雨半籬霜，藜藿當門意味長。
莫被鳴騶催上道，山中誤却菜根香。

之四

回首烟霞願已違，寒畦曾記帶烟肥。
天涯一樣秋風起，不獨江南客未歸。

秋雨連旬夜不成寐

燭燼光沈夜漏長，空階零雨滴幽篁。
斷炊有客思平仲，焚券何人似孟嘗。
交到黄金殊落落，宦如黑海正茫茫。
聞鷄更益中年感，短鬢蓬鬆早著霜。

醉後步南岡

千家烟火接虚清，望處渾如畫裏行。
一水拖藍圍野寺，群山聳翠入高城。
終朝歷碌誠何事，片刻蕭閑便有情。
日暮鴉啼歸路遠，更貪小坐看雲生。

晚步即目

天邊殘照遮孤嶺，水際寒烟動晚風。
蹋過斷橋歸路暗，蓼花叢裏一燈紅。

曉歸

遥寺度疏鐘，霜嚴草徑封。
初曦騰水氣，枯樹褪山容。
鴉影空朝市，鷄聲亂野春。

長征應不遠，叱馭想遺蹤。

歲云暮矣，逋負纍纍，而待我舉火者復多，自愧澀囊。於孝友睦姻任恤之道概有闕焉。中宵不寐，書成一律

一生胞與最相關，度歲無如百計艱。
力薄欲平精衛海，累深難卸巨鰲山。
風雲蜀道遲驅馬，冰雪燕臺困展轘。
安得斧柯從假手，先教廣廈庇千間。

臘日饋李白倩米肉

庚癸同呼力不支，荒庖漸逼歲除時。
貧家推與無多物，聊佐坡公饋歲詩。

晝景

巒重水複路彎環，老樹當門晝掩關。
料得雲疏烟斷處，有人欹枕看秋山。

弋陽歸里

七日潢橋住，方晴始返家。
出城觀遠岫，喚渡過平沙。
雨長秧苗水，風催豌豆花。
柳園知送暖，脱絮夕陽斜。

出北郊至先兄墓即目

野渡横橋折，荒原曲徑通。
百年同逝水，雙泪對春風。
楊柳猶新緑，玫瑰失舊紅。

孔懷悲早謝，墓草望葱葱。

江夏龔懷琴作三峽圖見贈賦答

湖山佳勝遍游踪，落筆烟雲起萬重。
爲繪蜀江無盡水，如登巫峽最高峰。
舟穿白浪人呼艬，屋叠丹崖客杖筇。
薄宦天涯應有定，險巇先已畫圖逢。

有所訪不遇

忙裏尋春不算遲，重來剛過賣花時。
新紅挑盡無人問，鳥唤中庭老樹枝。

過亡侄惠蘭殯所

舊夢長歸月，新衣半化雲。
風凄烏叫處，忍泪望孤墳。

獨坐

颯颯秋聲滿小園，空齋危坐静忘喧。
爲删舊句髭頻撚，偶憶奇書手自翻。
低首一生惟謝眺，論交千古幾平原。
寒深草閣無人迹，竹影横斜月到軒。

中秋待月

仰眄高空兔魄遒，浮雲故與月勾留。
酒闌獨坐花間待，歌起人多市上游。
萬里陰晴同此夜，百年圓缺幾中秋。
姮娥似識狂吟客，先送清光到小樓。

奉侍入蜀黄岡道上二首

之一

跋山涉水歷艱辛，遠仕蠶叢祇爲貧。
浮世人情蒼狗態，全家骨肉白鷗身。
漫漫夜度寒衾夢，滚滚輪馳滿面塵。
不是宦心偏不濬，半生曾未報君親。

之二

板輿驅奉老萱堂，定省晨昏道路長。
五畝家園徒立壁，廿年南北一空囊。
文章氣欲吞三峽，忠孝人須并二王。
差幸此心無愧怍，前途險隘不相妨。

將抵夏口

小春未盡整行裝，十日驅車屆漢陽。
菜圃經霜含翠緑，楓林夾岸雜丹黄。
千層鴟尾紅油板，萬片魚鱗粉堊墻。
明日買舟巴蜀去，烟波深處作家鄉。

重登黄鶴樓

高樓四面俯嵯峨，樓上白雲樓下波。
芳草已隨流水盡，斜陽曾記放船過。
山川城郭今如此，名士神仙古若何。
鐵笛無聲黄鶴邈，一杯邀月起狂歌。

鸚鵡洲懷古

鷙鳥奮功名，誰如禰正平。

高才天地窄，濁世死生輕。
鸜鵒憐簧舌，漁陽壯鼓聲。
凄迷芳草路，杞菊薦佳城。

靖江王廟

石翻頹岸怒濤聞，上有叢祠半入雲。
千里移家隨雁侶，滿船抛食犒鴉軍。
波摇快槳烟初劃，殿拂靈旗日又曛。
舟子鳴鉦螭首立，一帆風願借神君。

新堤晚泊

迢迢薄宦客囊虚，江上浮家類野漁。
山色朝晴看走馬，水程夜黑過嘉魚。
人蠻地僻難通語，風動舟摇礙作書。
落日停帆增酒思，瞢騰一夢到華胥。

楊陵磯

數椽茅屋傍江干，岸柳清疏未盡殘。
千里水程粗記憶，一家行色大平安。
挂帆每喜東風便，解絮真殊北地寒。
屈指荆南應不遠，當年名士重瞻韓。

舟出巴陵

地近湖湘水漸低，瀠洄百折繞荒堤。
寒山霧裏疑無樹，斷岸霜前似有蹊。
收纜歸鶩遥浦雁，放船起趁隔江鷄。
長途兀坐添惆悵，日日閑吟自覓題。

入夜

好風吹動晚波澄，卧看深林岸上燈。

半夜櫓聲如雁語，零星揺夢下巴陵。

晚泊登岸散步

駒光一瞬没金盆，漠漠烟波斷客魂。
幾點遠山微露角，數間矮屋不成村。
栖沙雁侶更初動，傍岸漁舟火漸繁。
僻港野人偏解事，繞堤指點舊江痕。

石首縣

暝烟漠漠起江潯，葦折荒灘葉褪林。
日落快帆奔石首，風高孤棹劃波心。
當年氣比洪濤壯，此夜愁如積水深。
遥指一帘山郭外，呼童酤酒却寒侵。

鑷髭

笑倩兒童鑷白髭，萱親説我少年時。
門承通德傳經貴，座有明師問字奇。
自信功名真唾手，竟無消息可舒眉。
而今遠宦謀升斗，不止潘郎兩鬢絲。

小病經旬卧不安枕夜作

藥餌難療枕上痾，倚窗蓬鬢强婆娑。
鴉栖不動烟籠樹，魚戲無聲月印波。
遠宦途逢鄉信少，中年人夢昔時多。
寒更轉盡天將曙，猶聽鄰舟子夜歌。

曉醒

浮家常與白鷗鄰，飽看青山不厭頻。

曉夢初回僮索米，始驚身是遠行人。

至荆州有感

飽挂風帆日又斜，將逢殘臘尚天涯。
一生心事千絲繭，萬古功名兩角蝸。
入夜猶思傾竹葉，渡江久不見梅花。
升沈宦海渾難定，未必他鄉勝故家。

登沙市觀音寺古塔

吴楚霸圖空，江流舊不同。
石迴高岸水，船避下灣風。
古塔層霄外，殘幢落照中。
衣冠驚俗眼，無語看飛鴻。

虎牙灘

舟人齊努力，云過虎牙灘。
浪破長風易，帆張窄峽難。
嵯岈森巨塹，澎湃起奔湍。
坐視雲垂處，瀟瀟古洞寒。

新灘

下舟呼搖櫓，上舟呼挽纜。
下舟疾馳如撲人，上舟却退如怯戰。
多年篙師知水性，日弄洪波不惜命。
健兒負重走如飛，人聲水聲喧相應。
三灘二灘猶不惡，頭灘嵯岈自古作。
三十六石據中心，水磨風撞不少削。
天設此險濟窮徒，橫空飛起浪花粗。

惟有謹慎是亨途，君見歸峽新灘無。

登江樓

之一

兩峰雲暗逼人寒，一纜牽船倒急湍。
岸上啞嘔齊著力，鼓聲如雨過頭灘。

之二

高上江樓百級臺，手凭危檻自徘徊。
此身笑似沙邊鷺，却向驚濤覓食來。

過歸州

重重雉堞傍岩阿，曉起開窗日色和。
跼蹐去尋夔子國，投詩來吊屈原沱。

舟穿牛口石灘淺，徑轉羊腸山店多。
烟樹微茫漁唱晚，昭君村外月横波。

船頭兀坐見懸崖上有人對飲

山風吹病骨，潭水照愁顔。
笑我浮名熱，輸人野趣閑。
烟霞供嘯傲，鹿鶴許追攀。
似指帆檣下，勞勞日往還。

月夜聞猿

夜月巴東路，孤篷薄宦舟。
寒烟生嶺樹，野人上江樓。
欲返王陽轍，誰憐季子裘。
猿聲自清絶，何故動人愁。

巫峽

鷄啼日射船窗紅，舟人曉發辭巴東。
白雲綿綿出石壁，散成羅帳遮巫峰。
巫峰十二環百里，石靈擘破長江水。
不是旅愁太累人，何日不在畫圖裏。

瞿塘峽

怒石當風風倒走，此中疑有百靈守。
晶簾高挂珠璣飛，浪花亂舞蛟龍吼。
西行千里無平波，百尺長纜繫鷁首。
篚仕長懷飲水心，乘危愧乏迴瀾手。
舟穿白浪却仍前，帆繞蒼崖左忽右。
欲捉不律書奇踪，催船鼓打瞿塘口。

白帝城

公孫局罷又炎劉，日暮江天住客舟。
舊磧波濤存戰壘，故宮禾黍剩荒邱。
浪高灧滪看如象，風緊帆檣泛似鷗。
欲訪瀼西遑何處，杜陵遺宅已千秋。

論詩

論詩要與性靈通，异派分流究竟同。
能索解於無可解，不求工處自然工。
煉成一字堅如鐵，興到千言疾似風。
天籟未宣繁響寂，先將冰雪蕩清空。

述懷

記向師門得賜箴，不忘吕氏《語呻吟》仕都日許滇生師令常閲吕新吾先生《呻吟語》。

冰霜磨礪風神健，歲月馳驅雪鬢侵。
涉世常存知足想，出山敢負最初心。
平生快説淮陰報，況有恩多海樣深。

下崖寺

下崖暫停舟，來禮金人像。
劖刓出神工，滿座蓮花仗。
棟宇謝經營，嵌空自高廣。
峭壁一削平，祟階緣而上。
深洞生虚寒，那容穴魍魎。
鼠窺佛燈明，鳥驚清磬響。
下瞰大江流，潮音同泱漭。
無乃靈鷲峰，移住通肸蠁。
偏袒兩三僧，相迎離方丈。
知我宦游人，小坐延幽賞。

酌茗吸甘泉，清沁滌凡想。
取自石罅間，涓滴時暗長。
净極無纖塵，登樓更蕭爽。
祇樹自成林，斜陽照經幌。
欲訪古碑銘，久已没草莽。
傳云公輸修，此語或虚恍。
我聞古琳宫，土木窮异象。
幾年卧榛蕪，金漆雜灰壤。
似此磐石堅，風雨難漂蕩。
仙迹供遐搜，千秋永瞻仰。
浮世争蝸名，登山費幾緉。
僕僕道路間，何日逃塵網。
曾夢瞿曇身，空山長獨往。
欲住養吾真，鳴鉦催打槳。

萬縣道上

烟樹重重霽色迷，忽逢高坂忽逢溪。
未春細草堪盤馬，過午深山始聽鷄。
纔弃危舟穿白浪，又循幽徑度丹梯。
長行不慮腰纏窄，四境豐登米價低。

述志

之一

製錦操刀學治遲，書生報國竟何持。
從今收却游山屐，祗覽民風不覽奇。

之二

藺絲保障百無能，辜負深山雨夜燈。
惟有清心堪自許，熱腸先已冷于冰。

飛瀑

之一

一勺清泉漱石新，横空飛下白于銀。
此身不合窮岩老，流出山邊便濟人。

之二

左右峰巒萬點青，蝸旋蟻磨上危亭。
劈空一道銀河水，天外飛來作玉屏。

過松樹坡賽白兔二山

躡梯直上萬重臺，峭絶青山兩面開。
據土無多花雜出，離天不遠鳥飛來。
快登險隘如平地，會假烟雲作賦才。
昨夜有詩吟未穩，催題更遇嶺頭梅。

卷第六

丁酉至辛丑　古蓼　李卿穀　紅樵

丁酉二日新市曉發

臘酒辛盤二日留，晨裝問道出蓬州。
爐騰香霧觀村賽，鼓打歡雷聽野謳。
仙客携家句漏去，詩人槖筆錦城游。
九重春色誰先覺，一路梅花導客騶。

射洪道上

絶頂烟霞不礙攀，匆匆又看射洪山。
懸濤一綫連雲白，敗葉千林帶日殷。
鴻信未從天外落，蝶魂那得夢中還。
此身詎合愁城老，欲問君平卜肆關。

三江鎮

梯磴盤空盡日攀，忽逢曠宇一開顔。
梅花送我青天上，草色迎人紫陌閑。
短咏暫抛蠶尾集，平原遥接鹿頭關。
崎嶇細數從來路，自過彝陵未斷山。

新嫁娘

久處深閨慣養痴，臨妝却悔畫眉遲。
教他生客偷窺遍，笑指雙蛾不入時。

謁武侯祠

隆中一對起高眠，王業何甘地勢偏。
尺土盡當歸赤帝，寸心强欲挽青天。
映階草色空含露，繞屋桑枝半化烟。

惟有英標自瀟洒，彈琴抱膝尚依然。

草堂寺謁少陵先生像

水波流動日光融，竹翠輕摇殿角風。
啼鳥亂呼三徑外，詩人高卧百花中。
丹心憂國悲當日，白髮辭家老此翁。
領略草堂留咏意，解嘲何事效揚雄。

游昭覺寺

昔年名苑此禪關寺爲蜀宣華苑故址，十畝長垣路幾彎。
篁竹翠交高閣暗，菜花香冷老僧閑。
深深粥鼓魚横壁，渺渺茶烟鶴下山。
猶攝宮袍隨熱客時送竇將軍，就中塵想問誰删。

再游薛濤井

枇杷門巷已成空，古井猶留小院東。
酒客重來對江樹，美人依舊管春風。
樓頭修竹摇新粉，墻外夭桃燦晚紅。
在昔吟詩多擱筆，花箋裁句愧難工。

出東郊

馬首青山野趣加，來游倏已隔年華。
泉餘細響流篁竹，風逼微香出稻花。
熱宦誰能甘冷落，初心真悔别烟霞。
旁人莫笑腰頻折，不比淵明易返家。

爲潘孝廉時彤題桃李山房圖

之一

春風吹遍錦官城，早擅公門得士名。
説是無言言更好，萬花深處課諸生。

之二

滴露研丹手著書，吟箋酬答集簪裾。
粲花妙舌隨時有，老屋春深午睡餘。

題鄭刺史之彪西窗話雨圖

秋屋雨遮黑，亂山燈照紅。
最難故人至，那許杯酒空。
思我腹心侶，慕君肝膽雄。

展圖重嘆息，交道鮮有終。

爲全暢園題其尊人菊莊太守合樂圖

故人珍重寄緗囊，展卷如登緑野堂。
几案雨浮楊柳色，池亭風迸藕花香。
門傳通德書能讀，官繼循聲教有方。
合是眉山老喬梓，中峰魁岸二峰莊。

南郊即目

松篁夾道緑陰長，一笑終朝聽鼓忙。
曲岸鞭絲摇遠水，平疇笠影劃斜陽。
攝生食不思兼味，慰母游先告有方。
遥指百花潭上路，杜陵曾此咏滄浪。

寶黼廷繪所畜馬於鄭藹人素箑，越日馬死，寶之技神哉，藹人什襲之，索題賦此

曾從冀北駕飛鸞，爲狀騰驤上筆端。
自古人傳遺骨貴，而今交到解驂難。
嘶殘夜月空餘影，蹋遍春風不繫鞍。
一卷珍藏三絶備，新詩妙翰五花團。

秋闈月夜内監試楊未禫刺史索題消夏圖

曾侍頤園杖履行，游魚舞鳥解相迎。
池邊煮酒花如海，樓上藏書玉滿城。
過眼浮雲談後輩，當頭古月照先生。
手披一卷清涼畫，百尺龍鱗健有聲。

分校

之一

丹黄點染即成根，心血條條紙上捫。
莫自糊塗批勒去，有人生死靠師門。

之二

一藉標題便上天，教人平地作神仙。
暗中縱有紅紗罩，屢試青眸夜未眠。

灌口望青城山

將雨不雨雲漫漫，孤城半面圍蒼巒。
大江東走群峰立，道人說是青城山。
昔傳第五洞天處，攬書欲假雙飛翰。

三十六峰猶歷歷，當年仙迹誰追攀。
猶龍出世亦已遠，金鞭插澗何其謾。
方知天下名勝地，大抵皆作如是觀。
惟有捍灾禦患爲民死，明禋答報心力殫。
卓哉太守賢喬梓，至今廟貌堅而完。
沃野千里資灌溉，粒食不復洪荒艱。
且安耕鑿樂日月，何須躡足求仙寰。

司馬相如墓

人生貴適意，早死何足哀。
一代風流客，千秋著作才。
題橋丈夫去，酤酒美人來。
多少華簪士，豐碑没草萊。

楊子雲墓

鐵筆千年在，難消莽大夫。
秋風高墓拱，荒草舊亭蕪。
作賦追前哲，談元起後儒。
文章終不朽，憑吊發長吁。

有感

繁華過眼太紛紛，擊筑吹簫不忍聞。
昔日共嗤窮措大，今朝誰認故將軍。
千秋知己疏流水，末路英雄哭斷雲。
消受人間清净福，空山輸與老徵君。

戊戌人日張香亭羽士招集紫陽洞賞梅分韵得淺字

勝日尋春春尚遠，驀見梅花報春暖。

天憐花事太寂寥，頻年付與詩人管。
詩人潘紫垣趙眉伯復章山甫黃嵋樵，花底吟囊貯已滿。
誰其主者老黃冠，廣集名流愛蕭散。
舊讀聯吟詩一編諸君有《錦江聯吟集》已付梓，九天珠玉臨風卷。
丞相祠堂蠟屐携，薛濤門巷花箋展。
今歲重將故事聯，不我遐弃招以柬。
驟聞寵召心先驚，盡倒芳尊興不淺。
天涯踪迹如飛鴻，幸對良辰萃英選。
梅花不厭俗吏來，隔水清芬撲瑶醆。
諸君揮翰如雲飛，我亦低哦髭頻撚。
滿園篁竹風泠泠，催我詩腸九迴轉。
吟成起謝花與人，十斛濁塵今日浣。
一枝簪向帽檐歸，夕陽影任馬蹄緩。

東郊即景

江天一望碧迢迢，文杏緋桃滿畫橋。
野色偏令人意澹，春光空惹馬蹄驕。
勞心菽水恩難補，屈指家山路轉遥。
莫道東風能覆被，可憐折盡緑楊腰。

黄嵋樵邀集草堂修禊，余以丞相祠小飲未往，同人爲分韵得氣字

春日多佳辰，乾坤有奇氣。
不遇能詩人，誰與通臭味。
叔度揚清波，雅喜名流彙。
修禊百花潭，雲樹含蒼蔚。
出游吾已曾，追陪吾却未。
忽來一紙書，徵題勞相慰。
昔愛武陵源，人不知漢魏。

吾儕處囂塵，寸衷溷涇渭。
所以袚除時，先與滌腸胃。
歸夢生虛清，靈源資灌溉。
盛會雖不同，樂事應彷彿。
吾爲志吾游，書報神仙尉。

題趙眉伯榆陰送別圖

春波秋月兩魂銷，各有溪藤慰寂寥。
多少離情殘照外，停鞭無語下楓橋擬作楓橋留別圖徵題。

題眉伯蘭堅閣詩稿

意氣嬴人欲綉絲，百花潭上識荆時。
薄宦雅稱神仙尉，到處争誇幼婦辭。
江左風流餘麈柄，劍南山水付吟髭。
挑燈盥盡薔薇露，羡煞千秋筆一枝。

郊外晚歸

水際蒼烟抱郭斜，竹籬茅舍静無譁。
山雲觸石將爲雨，枯樹盤藤亂著花。
青草渡頭争浴馬，綠楊城角漸藏鴉。
匆匆那得吟囊滿，官鼓聲敲又到家。

送齊禮堂軍門慎移麾滇南

天南重鎮畀元戎，緩帶輕飄鷁首風。
何處抗旌非報主，一時攀袂欲留公。
臨歧愈益枌榆感，指橐尤知薏苡空。
聞道師行曾似雨，先教甘澤霈農功連旬祈雨公出雨降。

鍾馗夜歸終南圖

蓋影幢幢星眼碧，掀髯一笑森如戟。

夜騎老牯過終南，蝙蝠兩三撲烏幘。
而今鬼瘦不堪咋，頻敲空腹飢腸窄。
捷徑之中殊有人，莫被先生隻手搤。

將之官剛氏留别同人

春初聯吟到春暮，馬蹄躡遍錦城路。
每逢佳日即提壺，但對名葩必索句。
遨頭宴集百花潭，公事句留未暇赴。
匆匆捧檄剛氏行，頓教破我烟霞痼。
書生詎有經世才，驟膺民社心恐誤。
諸君卓卓治譜張，緒餘應呼將伯助。
小匡大匡高岧嶢，吾家青蓮讀書處。
風雅何敢攀前賢，藉得登臨伸景慕。
古來政績出陳編，退食還須習吾素。
他日囊書慰故人，手指清波望江樹。

五月十三日猪頭埡祭風洞

捲地狂飆頃刻回，田疇無恙上崔嵬。
火明幽洞消重霧，鼓打空山走迅雷。
敢信誠心通帝謂，果然靈氣化民灾。
四圍紫翠行輿暇，更有詩情入眼來。

九月二日同達湘岩明府、李亞白學博謁太白祠

逸氣依然貯太空，青蓮遒認故鄉風。
詩家原賴如來果，唐室還推再造功。
粉竹樓荒秋老後，讀書臺峙月明中。
錦袍焜耀秋風裏，社鼓村醪賽晚紅。

陪鄧樹堂太守游竇圌山

兩壁排空一索聯，當年仙尉此登仙。

樓臺奇聳真無地，花木馨香直到天。
涪水遠環千徑曲，匡山斜對數峰圓。
賓僚盡日陪游賞，勝迹名流合共傳。

悼張篴室

淒風昨夜撲燈花，噩夢頻驚病豎加。
十倩詩成歡已盡，三生約在恨無涯。
漫言佞佛能延算，始信多才不作家。
手指關山千萬叠，爲卿何日返靈車。

絶句八首

之一

細從却扇數年華，竟是殷家頃刻花。
一笑燈前成讖語，果然薄宦在天涯。

之二

爲療母病叩蒼天，願減生齡二十年。
更執霜刀親割臂，夜深和藥進床前。

之三

伏床難望起沈痾，爲説人生一夢過。
自把嫁衣分殆盡，雨行婢媪泪如梭。

之四

夜翻鴛牒訂深盟，碧海青天鑒此情。
君自蕊珠宫裏去，茫茫何處訪三生。

之五

生小嬌柔帶慧根，因黏色戒出空門。

而今割斷春蠶繭，縱有真香不返魂。張三歲多病，捨爲尼，八歲阿母復收回。

之六

曇花忽卸可憐春，辛苦龍華禮佛人。
定向天臺求妙手，小龕供養比邱身。

之七

妙格簪花寫孝經，蠻箋幾幅剩零星。
爲卿檢入縹箱内，留付嬌兒十一齡。

之八

臨終一語最淒愴，莫教柔魂滯异鄉。
早晚家園阿弟至，安排靈輿送歸裝。

除夕前一日中壩晚歸

拂面微風動晚寒，竹蹊深處促歸鞍。
幾星燈火明高嶺，一路河聲響急湍。
民事勤勞難自已，宦情澹泊最相安。
沿途愧聽輿人誦，六十年來少此官。

落鳳坡

但許綱常一手將，何分鳳落與龍翔。
捐軀先了男兒事，千古高墳并武鄉。

天輪寺曉發

清寂天輪寺，鐘聲警早眠。
山雲拖地濕，海日抱林圓。
烟劃村村笠，風鳴户户弦。

時和兼俗美，敢詡使君賢。

匡山望讀書臺

距匡山數里爲點燈山，相傳太白讀書處，夜輒有光

大康山下一徘徊，頭白先生竟未來。
惟有文章攻苦地，千秋光焰護書臺。

秋夜感懷

出山那得竟言歸，凉夜蕭條燭影微。
四十頭顱猶止此，本來面目已全非。
每當臨鏡愁看鬢，衹有吹塵慣染衣。
嘆息君平今不見，茫茫何處問元機。

因四十頭顱猶止此句復作長古

凉夜漸長眠不得，荒階零露鳴蛩切。
起挑寒檠清漏疏，忽憶故園音書絶。

三年薄宦來蠶業，剛氏一試見成功。
及瓜又聽錦垣鼓，依然兩袖生清風。
四十頭顱猶止此，僕僕風塵伊胡底。
白髮垂堂黄口多，况隔家山五千里。
五陵豪客氣昂昂，胸懷高邁詞清揚。
譽聲早已宣當路，奇才真合管名疆。
嗟余謀生計太短，日日鈴轅拖手版。
自知强項乖時宜，隨波逐浪顔先赧。
還山之志無時無，坐聽秋風思蒓鱸。
何日從容賦歸去，伴我酒徒與釣徒。

荆江口阻風

浪打空江放棹遲，歸舟難繫白雲思。
天涯多少勞人泪，都在黄昏風雨時。

壬午舉賢書謁房考龍澤堂先生於上蔡，忽忽二十年矣。哲人已萎，舊治重過，賦詩志慟

憶登蕊榜謁靈光，屬望殷殷訓語長。
不料出山猶小草，那堪入境見甘棠。
名成早赴巫陽召，報淺空漸陸氏莊。
今日過門難忍泪，城隅東去是琴堂。

感舊詩并序

僕少小從師，長登桂籍，春官屢躓，遂宦益州。凡縞紵投贈、詩酒追陪，不無金石之盟，間有解推之雅。歲月淹遷，未去懷抱。兹以命駕言旋，日長道遠，轍環無事，取素所心折者編入吟囊，或狀其人，或志其事，庶异日翻閲，一如風雨燈鷄相對時也。

王廉訪庭蘭

烏衣門巷見瓊枝，羡煞南宫早捷時。

戎馬叢中迎大吏，海風吹得鬢如絲王官粵東正暎夷犯順晝夜城上巡禦。

華上舍建寅

南岡秀特水縈回，日訪幽廬得得來。
頭白青衿終不改，天將詩酒老雄才。

沈秀才六雅

情懷恬澹老經生，筆耒年年好代耕。
種得吾家桃李樹，隔花夜聽讀書聲。

家茂才捷桐

仙李根同意氣投，揮毫便自有千秋。
一縑争作鷄林貴，到處喧傳即墨侯。

費同年湘颿

故人遠宦桂林西，聞有循聲衆口題。
報到荆枝摧瘴雨，十年我已泪先啼。

吴明府豐培

的是延陵出類才，翩翩仙令近蓬萊。
莫驚堂燕都飛去，再造雕梁還自來。

梁明經廷獻

朱陳昔日結良婚，小阮凋零謝女存。
嘆息君家家範好，柏舟貞義重吾門。

李少府春園

莫誚雌黄語太尖，須知下筆有針砭。

八分煉就生鋼腕，矮屋狂吟拂老髯。

元少尹 維勛

一從清夢落瀟湘，乞養歸來興不狂。
記得西園言志夜，月華如水桂陰凉。

蔣明經 湘南

萬卷書難鍵户窺，年年却少在家時。
隨行幸有青琴在，窄袖燈前代理詩。

胡孝廉 彩元

桂籍同登二十年，論文屢著祖生鞭。
前身合是蟫魚化，老向書窗抱字眠。

王學博恩泰

同學傾心惟季鴻，詞壇文陣疾于風。
年來獨擁皋比坐，瘦骨伶俜一病態。

葛翁樹蕃

一色朱廊燦錦屏，客來都拜老人星。
群花圍住靈椿樹，自煮丹砂下草亭。

周廣文振鋭

新收鞠部鄭櫻桃，顧曲周郎興更豪。
今夜後堂絲竹裏，可曾親唱鬱輪袍。

憶同年

之一

弋山胡萬年汝水張培金兩經師，六載暌違動我思。
差喜頻年能晤對，矩亭蔣書畫柳川郝詩。

之二

佺期鵬才調本高華，持憲烏臺海内誇。
更有王家老工部巽，一生清況似梅花。

之三

李振采靳金臺豪情總未磨，黄金散盡尚徵歌。
不知國子先生俸，可敵長安酒價多。

王吏部樹德

銓部論交誼最真，一朝殂謝尚清貧。
可憐執紼長安道，半是春明下第人。

丁太史彥儔

潛菴風往百餘秋，斯道薪傳已少留。
惟有永城丁太史，不教洛學墜中州。

塔侍衛克慎

身任光明執戟郎，廿年結契便形忘。
駱雲峰韓體乾星散無消息，零落雲霄舊雁行。

張禮部澧翰

爲典朝衫換敝裘，故人高誼重山邱。

傳聞分校秋風裏，可有珊瑚鐵網收。

蔣大令予檢

翩翩公子早知名，同氣當年半列卿。
生就玉堂清品格，如何身不到蓬瀛。

劉介眉壽耆 **范方湖**槼坊

早官司馬劉公幹，高捷南宮范蔚宗。
倜儻風流均可愛，如何宦海兩無踪劉被劾，范早逝。

袁龍溪象緯 **胡雪門**禮箴

袁絲風格久超群，胡廣談經息衆紛。
化作飛鳧人不見，一湖春水兩重雲袁令湖北，胡令湖南。

舟行紀事

之一

榆柳成行緑接天，風光迥异廿年前。
荒堤多半成廬舍，一抹炊烟夕照邊。

之二

白板橋頭舊釣磯，成團柳絮撲人衣。
不知釣客年年换，衹見沙鷗對對飛。

之三

夾岸桐花刺眼紅，輕舠直下夕陽東。
誰家樓舍誰家住，細問船頭白髪翁。

之四

雨後鶯聲分外嬌，一灣新水欲平橋。
歸心更比波流急，屢促舟人莫駐橈。

宿小引河見七年前題句再叠前韵

對面青山簇馬前，星霜七度感流年。
石橋曲曲添新浪鎮北石橋二年前新建，茅店重重鎖暮烟。
作客又回千里足，送春虛擲一囊錢。
舊題猶在人將老，寄語羲和緩著鞭。

夢中題吴橋生觀察來山閣，醒而書之

門前流水年年去，座上青山日日來。
水自無情莫惆悵，山原不老可徘徊。
主人竹榻臨風坐，過客蓬窗帶醉開。

三月烟花九月雨，天爲妝點小亭臺。

和張邑令庭瑜詩原韵

弦歌化洽發吟思，滿縣花開滿縣詩。
忽有句來邀我和，何曾清肯使人知。
夢中丹管頻争艷，頭上青天許問奇。
多少風塵勞攘客，可能儒雅似吾師。

和華琪生五十得子詩原韵

總角論交意味濃，春花秋月記游踪。
桂林自昔高群木，華岳于今見小峰。
一任人將嗤老鳳，可知天亦愛元龍。
贈題更代殷勤祝，芝草長依秀蓋松。

杏林煮丹圖

之一

十年學劍卧長安，忽化雄心自煮丹。
我識男兒醫國意，殺人容易活人難。

之二

種得當門杏萬株，人來都號小蓬壺。
吟詩作字能千古，董奉從前似此無。

贈張山人

之一

大風有客出長安，散盡黄金興未闌。

古劍一入花底舞，奇書萬卷醉中看。
盟心白水胸襟闊，駐足青山眼界寬。
莫笑行裝無別物，贈詩珍重勝琅玕。

之二

頓覺塵氛一掃空，新從藥肆拜壺公。
錦囊有句吟情壯，鐵筆無聲腕力雄。
浮世功名羞角鹿，半生踪迹指飛鴻。
步兵自是猖狂慣，漫説逢時技未工。

題春風采芝圖

之一

雙雙仙鶴舞雲根，息静曾無過客喧。
不是山童送芝草，一春終日閉柴門。

之二

開遍春風一桁花，科頭獨坐興無涯。
半山半水終朝醉，誰識壺公賣藥家。

題祝秀才二圖

名馬

蹀躞出天閑，壯志在千里。
不遇九方皋，駑駘而已矣。

古劍

男兒萬里行，横腰霜氣白。
慷慨斬蛟人，凄凉食魚客。

咏古

落日風凄大將壇，客星千古水雲寬。
未央屠戮嚴陵隱，終始功名兩釣竿。

十一月十五日葬張篋室于梅花隴

買得名山路不賒，岡巒佳氣幻雲霞。
三生因果無還夢，四載泉臺有住家。
行見春風生宿草，從今香骨伴梅花。
新阡一卜完吾事，半畝松陰悵日斜。

霍邱道上

夜聽風鈴睡未安，起看霽色滿林端。
柳梢映水三分活，雪徑遮山半面寒。
曝背每思冬日暖，戒裝常恨路行難。

那堪萬里冰霜冷，一陣南飛雁語酸。

西園留別

之一

爲愛城東足釣游，枕山襟水作菟裘。
遍栽花竹皆經手，高啓軒窗好放眸。
半畝無嫌終日坐，此間也合幾生修。
環廬更有書千卷，夜夜青燈自校讎。

之二

園中魚鳥亦纏綿，伴我長吟近二年。
五尺奇峰當户立，四時野卉旁階妍。
他鄉花月饒新夢，故國烟霞訂後緣。
欲把南塘重展拓，歸囊早辦買山錢。

卷第七

壬寅至甲辰　古蓼　李卿穀　紅樵

武陟道上

迂道梁園問路長，橫堤緑遍萬垂楊。
河聲東走連清沁，山勢南來拱太行。
客裏流光如電馬，眼前小劫即滄桑。
匆匆又動天涯感，攬轡無言對夕陽。

河陽懷古

野水淪漣久，村稀景物荒。
和風吹柳葉，春色到河陽。
駒隙催人速，蠶叢計路長。
城頭花不見，吊古意茫茫。

驪山曉發

馬蹄斜月照朦朧，滿地榆錢墜晚風。
白屋數家山一角，落花深處過驪宮。

關中

之一

祖龍車動墮長城，角鹿中原幾戰争。
草澤英雄雙跣足，艱難父子一杯羹。
梟雄力盡朝綱定，大將權高殺運生。
勒馬夕陽回首望，兩行官樹混虚清。

之二

百二秦關唾手收，山東豪俊問誰儔。

竟難大度容功狗，可惜重瞳只沐猴。
寶劍光騰天子氣，翠華恩重故鄉游。
金城千里安排定，也賴張良借箸籌。

蕭相國

昨夜軍門起翠華，黄金散盡始全家。
如何能定關中業，不及東陵老賣瓜。

馬嵬驛

深宵私誓結長生，陡底漁陽鼓乍驚。
今日美人猶不死，當年天子太無情。
魂追荒草明妃塚，恨繞仙山帝女城。
大節堂堂能殉國，紅颜千古照行營。

五丈原

欃槍未掃大星虛，泪墮秋風返素車。
北伐嘔心雙戰表，南陽回首一茅廬。
助謀早失齊名鳳，報國難酬得水魚。
六出功灰戎馬散，靈旗終護漢家墟。

褒城道上

細雨褒斜路，峰巒一色青。
小村穿樹見，飛瀑隔山聽。
馬度千重棧，螺旋四面屏。
探幽渾忘險，翹首問仙靈。

長途有感

碧樹暗啼鶯，迢迢客子情。

丹青萬山色，風雨一灘聲。
梁益昔稱險，褒斜今漸平。
臘殘春又暮，何日駐行旌。

鷄頭關

盤空一路上崔嵬，絶頂登臨亦快哉。
危棧剖分秦嶺去，亂流迸送漢江來。
烟雲萬叠胸襟壯，原野千畦眼界開。
白石有靈佑行旅，何妨隨俗拜丹埃。

沔縣

百里平原放眼過，籃輿又復上岩阿。
飛殘桃李春將盡，數遍關河路轉多。
曩日棧雲悲度馬，連朝酥雨愛堆螺。
及時領略溪山趣，一綰銀章不放歌。

石琴

石琴終古此摩挲，梁父吟成氣不磨。
嘆息先生高卧處，隆中時少定軍多。

五丁峽

壁絶崖懸路欲無，斧痕猶在想雄圖。
花開澗谷如張錦，水撲溪泉似濺珠。
萬里何曾停棧馬，千年飛不到陽烏。
若非錯被金牛誤，那得蠶叢有坦途。

寧羌州

澗穿萬曲石橋窄，岩抱千重雲棧長。
行到溪平峰斷處，忽驚風景似家鄉。

七盤關

行盡秦關又蜀關，重重鎖鑰綰雄山。
頹雲北涌迷三輔，瘴雨南飛控百蠻。
桑膩緑疇鳩正語，花疏紫陌蝶猶環。
連宵有夢都清絶，衹在松風萬壑間。

山行

清明剛近柳風和，碧澗粼粼水漾波。
日暮山頭頻駐馬，野棠花下紙錢多。

病中吟

古人窮工詩，今我病猶咏。
蹙額句頻搜，攢眉思屢更。
但愁詩囊空，未妨寒風勁。

食餘忽長嘔，心肝皆欲迸。
飢蟬噪冷枝，瘦蜇啼殘檠。
猶自索枯腸，眼花如臨鏡。
家人聞呻吟，輿前數請命。
連朝容貌瘠，莫爲吟詩病。

放舟至廣元縣

兩山危峭束波平，欸乃聲中自在行。
纔向朝天關下過，片帆已抵石亭城。

覺苑寺步陸放翁詩碑韵

平生泉石與心期，步入深林鳥不知。
老衲當門肩擁絮，畸官遠宦鬢添絲。
蝕碑蘚掩題詩古，畫壁金銷訪勝遲。
我比劍南多感慨，停鞭剛在落花時。

道上古柏

拂雲蟠石大枝肥，一路森森到翠微。
長此青葱不翦伐，年深應化蒼龍飛。

將權郫縣，潘紫垣喬梓有詩贈行賦答

剛氏賦别幾經年，撲手新詩又滿箋。
錦里暫辭花似海，郫筒先幸酒如泉。
鳴陰老鶴還偕子，出岫孤雲欲到天。
觀稼亭前春正好，遲君他日走吟鞭。

雨中探梅和眉伯韵

數訪寒梅度歲新，如酥小雨洒芳塵。
板橋泥滑騎驢路，山徑雲迷放鶴人。
雙屐尋春渾忘遠，一壺買酒敢辭貧。

摘歸插向蓬門裹，滴翠檐前索笑頻。

彈琴

嗚琴復嗚琴，愔愔弦上音。
茶烟三徑裊，花月一簾深。
公子蕭吹玉，佳人曲度金。
誰知岩壑外，别自寄遐心。

明趙忠毅公鐵如意歌

世間不如意事常八九，胡公錚錚之鐵乃在手。
夜闌寫疏疏如飛，欲擊閹走閹不走。
閹走公如意，公不如意鐵不利。
鐵不利兮物不磨，精光千載耀山河。

題黄嵋樵馬湖運糧圖

于橐于囊光思輯，口不言禄禄弗及。
自古師行種糧食，吁嗟險地難深入。
微臣報國敢辭勞，手凍足僵頭戴笠。
至今展卷猶驚人，亂山風雪羽書急。

和趙眉伯海棠

生香活色蜀宫前，唤醒春風又一年。
依傍漸忘花在樹，護持翻恨我非仙。
燒殘銀燭情還熱，題就瑶章韵亦妍。
狂飲不妨頻醉倒，古人會爲海棠顛。

散衙晚坐

天際孤雲自往還，階前葉落訟庭閑。

一塵不染胸懷净，萬象都空結習删。
蝶影偶翻斜日外，鴉聲齊噪暮城間。
明知戀棧非吾事，但恐能掃鬢已斑。

望叢祠

訪古城南遍菽麻，高墳遥傍白雲涯。
千年啼鳥呼先主，萬里波臣續帝家。
遺澤自當馨俎豆，雙魂曾否葬鶯花。
今秋拜祭鳴祠鼓，樂府新成好聽撾。望叢二君祠墓有宋祀之，嗣廢，予爲請於朝，入祀典，循先農例，羊一豕一，春秋享祀，邑人孫鎮製送迎神曲。

壽王雪嶠培荀六十

其一

仙吏魯靈光，詩人大道王。

棠陰先布澤，桂樹早分香。
久别隔秋水，聯吟每夕陽。
牙籤編甲子，著作滿青箱。

其二

記得鍾山筆，長圖畫輞川。
樓船辭海國，書劍伴江天。
明月心同古，春風髮愈鮮。
延生應有術，花下問彭籛。

犀浦

人語市橋頭，犀江一水流。
酒帘挑白板，雨笠度青疇。
靈迹前王鳥，神功太守牛。
徵君遺宅在，空翠落高楸。宋張徵君少愚，隱居白雲溪。

秋日晚歸

其一

習習凉飈欲動，歸鞭遥指平城。
行過幽篁深處，鳴蟬齊换秋聲。

其二

白石粼粼流水，青山鬱鬱横烟。
纔見紅霞撲地，忽看素月當天。

即景

風遞蟬音響四圍，清宵雨過澹秋暉。
平疇稻熟黄連罫，古寺林深緑掩扉。
草坂羡人眠犢穩，烟波傲我釣魚肥。

山雲一出非輕易，未作甘霖未可歸。

秋夜

金井梧桐黯，秋蟲對語多。
夜凉貪露坐，明月墮烟蘿。
宦味如鷄肋，憂勞瘁寸衷。
空囊歸亦樂，願伴緑蓑翁。

汶陽新廟秋祭禮成座上口占

村謳社鼓發清商，竹柏陰陰護暮堂。
萬世農功開隴蜀，兩朝揖讓繼陶唐。
追崇莫悵衣冠杳，展拜重留俎豆香。
七百年來興廢事，幾回憑吊感滄桑。

于役都江封堰禮成

高風吹葉撲疏櫨，策馬重登水上亭。
東下江流千派白，西來山裏半城青。
鶴歸野寺孤雲渺，鷄鬥空臺暮雨零。
惟有離堆功最永，蘋蘩終古報明馨。

長夜

長夜冷殘夢，月明鴉亂飛。
柝聲移遠市，燈影颭重幃。
静想琴弦澹，勤期案牘稀。
捫心堪自許，何事不忘機。

撫孤圖爲歐陽光上舍楷題

茫茫恨海悲風起，椿樹凋零萱不花。

泪痕空洒女嫛砧，一孤伶仃襁褓裹。
吾所自有育吾門，兒無乳兮兒安存。
甘捨渭陽嬌稚女，來哺廬陵一綫根。
保抱携持春復秋，兒已長成母白頭。
繪圖思以揚盛德，標題到處徵名流。
我宰郫邑車甫下，欣聞此事關風化。
人言愛女恩義深，我識撫孤保全大。
從此渤海禋祀綿，芝蘭秀發庭階前。
更兼國相非凡器，才華早歲凌風烟。
吁嗟乎，不知孝，烏知慈！
我展斯圖有餘思，今朝膝下依依處，曩日懷中呱呱時。

署東偏古木參天，三月杜鵑徹夜鳴，其音凄然，士人云望帝魂也。反子美之意作杜鵑行

去年將夏半，我來宰鵑城。

衆木聳高翠，杜鵑已不鳴。
今春方三月，時聞杜鵑聲。
白晝猶寂寂，入夜倍凄清。
傳是蜀望帝，羽化而更生。
胡爲二千載，未忘故國情。
又云勸農鳥，時至催人耕。
提壺與布穀，胡不著其名。
每啼輒流血，血乾身亦傾。
生子不能哺，百鳥爲經營。
哀心易感動，庶類氣相迎。
思予莅兹土，政拙功未成。
民間多疾苦，呼籲愧難平。
清夜聲相觸，反作杜鵑行。

憶鵝溪孫布衣

五里鵝溪路，中藏處士廬。
徑深高樹合，籬短野花疏。
拄杖朝尋友，挑燈夜著書。
白雲有遺宅，今古道相如。

春日書懷

衆木森森緑滿城，杜鵑聲裏過清明。
訟庭草長添詩稿，病榻燈殘辨藥名。
斗米羈歸陶靖節，鶯花愁動庾蘭成。
年來吸盡郫筒酒，不負岷陽捧檄行。

幽蘭

南山有幽蘭，蟠根蒼崖石。

長與松竹鄰，不畏荆榛迹。
春氣到岩阿，枝幹森如戟。
芬芳無人聞，亦自甘孤僻。
采采者誰子，掇拾不知惜。
賣向衢市塵，位置在綺席。
國香雖見珍，本性已非昔。
夜夜想空山，窈窕寒烟碧。

大木

險崖有大木，早歲飽風霜。
參天鬱靈秀，拔地乘堅剛。
忽登匠氏門，用作棟與梁。
廣厦開萬間，大力獨擔當。
前堂陳鐘鼎，後堂調笙簧。
居安人自樂，釋肩爾弗遑。

材大身爲役，形勞神已傷。
回首擁腫輩，深谷永青蒼。

白玉

美玉在璞中，堅白無纖垢。
山澤儲精英，乾坤毓靈厚。
良工望氣來，寶光燭牛斗。
施之琢磨功，君子佩斯取。
世人重顔色，赤瑛與黑玖。
遂以太素質，視爲尋常有。
置之閑散地，青蠅互踐蹂。
無瑕而有瑕，嚚嚚騰衆口。
惜無卞氏和，苦心爲分剖。
世與我相遺，已矣夫何咎。

即景兼懷古人

雨後鵑聲徹夜聞，平林緑遍望叢墳。
橋横沱水生青草，路近岷峰有白雲。
何武丹衷伸大節，揚雄皓首賦高文。
尋常一様郫筒井，自别山公酒不醺。

愁懷振觸夜不成寐早步郫筒亭

久疏屐齒印苔錢，獨立池亭望曉天。
雨漬枯桐無住鳳，烟迷高柳有號鵑。
泉香酒美成千古，署冷囊空歷一年。
多少不如人意事，暫時忘却轉陶然。

將行

入抱風來空自清，連天芳草碧無情。

子規似識將歸去，啼向枝頭爲送行。

周慰村澤濃鄆明經也，居近闤闠，不履公庭，頃以文字交，得攀風雅，清操介節不讓古人，行將及瓜矣。辱賜章什方自信之，未能蒙賢者之見許，幸也，何如？依韵酬答即以代柬

其一

靄靄魚梟城，自昔稱沃土。
沃土安足恃，所望膏陰雨。
莅治一經年，叢過誠難補。
願得素心人，論道希往古。
不見我心憂，既見我神舞。

其二

茂叔播芳型，衡門表清德。

比之古滅明，高風不易得。
何幸枉光塵，爲我開茅塞。
茫茫萬頃波，汪洋終莫測。
早出建勛名，丈夫身許國。

其三

放眼懷千古，攬轡登高原。
揚子文章在，何公忠義存。
毓靈起後哲，守道志彌敦。
鵝溪有遺老，風流可并論。

其四

清白勵家聲，不敢弛吾敬。
忽辱溢美詞，詡我有至性。
行矣一空囊，華髮生明鏡。

何以副厚期，勉勉家國政。

卜膂示命圖爲王治甫題

其一

過眼浮雲久厭看，斜巾破履短衫寒。
一竿放穩塵中脚，不識人間道路難。

其二

賣卜垂簾事已陳，而今書筆更傳神。
伶仃莫笑孤囊澀，萬里逍遥不礙貧。

題潘紫垣閑雲出岫圖

天下望霖雨，孤雲猶在山。

好風今有托，空谷舊難攀。
得路從龍躍，無人任鶴閑。
濟時當及早，我爲叩柴關。

早登薛洪度吟詩樓

五載良游感鬢華，小樓重與駐巾車。
碧鷄坊没吟詩地，緑鷁舟横賣酒家。
旭日烘開江泊霧，曉風吹墮井欄花。
枇杷門巷知何處，空有閑情寄水涯。

聞黄河中牟堤决長夜不寐口占

將曙蟲鳴急，迢迢長夜過。
捐金都塞海，沈璧未通河。
聖主諸艱試，微臣積慮多。
空階風露下，不敢矢槃阿。

再校秋闈燈下作

魚鑰深沈漏未央，挑燈獨自費衡量。
案堆壯士三年泪，爐告皇天五夜香。
但恐皮毛遺駿骨，那容薏苡混珠光。
撫心還似風檐客，六載重臨舊戰場。

歷城孫烈婦夫他出，有奪而嫁之者，不從，絶食死

雍雍雙鳴雁，形離心不離。
一身事君子，堅貞志靡移。
獨居修婦職，藁砧歸無期。
落日塞翠袖，春風掩畫眉。
胡爲野蠶繭，欲亂寡女絲。
妾身在羅網，難寄回文詩。
枯蟬啼血盡，抱樹甘長飢。

清白成一死，魂繞女貞枝。

門人沈西序以其兄絶命辭求題爲書一律

曇華一謝竟如烟，幻迹塵環廿二年。
才子舊傳金粟夢，文人還赴玉樓天。
芙蓉花發邀新主，桃李園空罷盛筵。
我已傷心孔懷句傷餘兄峻峰先生，睹君遺字倍堪憐。

江村曉望

江水迷茫野霧昏，小舟斜繫古槎根。
霜花一白無人起，日射蓬窗風打門。

秋柳

其一

憶受東皇雨露恩，長依紫陌與朱門。
輕揚慣作驕人態，斜冶能牽過客魂。
祇向桃梨争弄色，那知松柏善盤根。
迎陽飛盡銜天絮，冷到西風已不温。

其二

宣府風威久不行，金城飄泊倍傷情。
劇憐骨重腰難折，無奈絲牽意未平。
落日一鞭誰繫馬，盛時百囀有流螢。
笑他憔悴霜華裏，猶向長郊管送迎。

甲辰至丁未　古蓼　李卿縠　紅樵

卷第八

長寧道上

其一

曲徑縈紆石磴連，修篁高樹碧于烟。
輕雲知我出山意，散作甘霖插稻天。

其二

鱗鱗村舍傍岩阿，綉罫當門鳥送歌。
同是良辰春二月，此間風物更清和。

其三

高坡麥豆一般齊，小雨如酥釀活泥。

最喜連朝秧水足，農人飽飯駕春犁。

其四

黄童白叟笑颜新，載道曾無菜色人。
但祝四郊長大有，山衙甘願守清貧。

題前隱士劉香亭藕花洲畫册

藕花洲上吟詩客，愛吸丹霞煮白石。
千章大木傍岩生，一曲清泉當户碧。
此中合貯小亭臺，彝鼎圖書滿几席。
甘借青山作菟裘，奚事卸園賁束帛。
門前自署草堂名，終朝嘯傲樂幽僻。
偶因良友賦來游，傾尊醉倒菡萏國。
我來已閲幾春秋，欲攀風雅不可得。
展卷空吟謝朓詩，乘車思訪羅含宅。

釣游故址尚依然，一幅古香流畫册。
九天珠玉遍徵題，拈毫我亦發潛德。
世上濁塵五斗多，如君真有烟霞格。
名山高士共千秋，斯地斯人同生色。

雜感四首

其一

青蠅污白玉，終是寶光炫。
韞櫝久深藏，浮垢何能賤。

其二

百錢買布褌，萬錢買朱綬。
布褌禦嚴寒，朱綬榮不久。

其三

天地一尻輪，烏兔刻刻轉。
否泰無循環，斯理亦太遠。

其四

横逆必自反，妄人莫與校。
但使遘其凶，亦是前生報。

水性動而平而直，水質潔而冷而澹，與出處相合焉，作六絶句

其一

滚滚萬古流，晝夜何曾止。
與世其沉浮，奔波人老矣。

其二

狂瀾甚可駭，恬波亦可樂。
但能持其平，不怕風濤惡。

其三

百川赴河海，直下是本性。
世道有曲防，吾自軌於正。

其四

水形雖易污，水質終不染。
丈夫處溷塵，潔身早自檢。

其五

盈盈澗底泉，入口冷漱齒。

皎皎懷中心，不熱亦如此。

其六

調羹賴鹽梅，臭味有差別。
何如一綫源，生來自澹泊。

山衙遣悶

清水西來白似銀，山衙日日鳥聲新。
五更清露大于雨，百里尖峰多過人。
未易隻身成廣厦，劇憐終歲等勞薪。
楞嚴内有消憂法，諸事都歸夙世因。

即事書懷

訟庭人静鳥音多，四面頹垣覆薜蘿。
未晚山遮紅日去，將陰窗涌黑雲過。

歸遲悵少烟波夢，來暮嗤聞道路歌。
草芥更懷家國慮，東憂粵海北憂河。

即事

官居何异野人家，似此山城亦可誇。
暖日烘林蒸茘子，香風吹澗茁蘭芽。
隨時園客供蔬筍，傍晚漁人進蝌蝦。
四境清平無訟牘，自煎新茗讀南華。

古榕樹

俗名黄葛樹，千百年木稱爲神，宰來必祀之

何年老幹拂丹霄，琴署蟠根耐後雕。
數畝陰遮紅日晚，四園枝帶白雲遥。
毓靈自昔精華結，展拜于今禮祀昭。
當作甘棠永遺愛，莫將興廢問前朝。

清泉 俗名葡萄井，距東門半里，泉水出如葡萄，一名嘉魚泉，味甘冽

葡萄顆顆簇波光，涌出清泉味最良。
宜漱咀華文士齒，能銷食肉鄙人腸。
竹籬韵繞空岩細，茶竈風生隔院香。
我宰湞城無别嗜，朝朝飽飲一杯凉。

歸雲

一峰白雲出，一峰白雲歸。
出者遇歸者，若爲嗤其非。
山澤通造化，霖雨任指揮。
胡爲終岩穴，甘與世相違。
吾生負壯氣，一願冲天飛。
膏雨遍大野，萬物生光輝。
歸者啞然笑，此志吾曾希。

出山今十載，建竪誠非微。
清風不我引，丹霄不我依。
孤高絶奔競，反受浮囂譏。
遇合既無分，行藏貴見幾。
歸矣夫何戀，空谷老斜暉。

大雨行山中

仄石嶔崎已礙行，况逢急雨似盆傾。
螺緣滑徑千盤曲，布挂懸崖萬道明。
不覺衣衫吐雲氣，但聞人語雜灘聲。
低吟翻被輿夫笑，對此倉皇尚有情。

七月二十七日于役涇南，過納溪之石脊梁，舟子不知水道，誤入巨浪中，舟已覆矣，忽躍出數里得履平波，旅次追思作江浪行

舟子摇櫓入浪裏，欲觀龍窠窠底水。

老蛟守門不肯留，已墮深潭推復起。
石梁之險自古傳，森森巨石横長川。
黄浪飛起高於屋，吼聲直挾風雷穿。
往來行旅互恐怖，到此相戒公無渡。
沿堤幸有平波通，救生還設小船護。
舟人未慣大江行，一葉敢與洪濤争。
陡見浪頭劈頂下，一時俯伏齊悲鳴。
舵尾難轉櫓枝折，危坐蓬窗不動色。
縱拚采石騎鯨游，駕浪乘風亦自得。
忽然躍出千重灘，回頭數里無狂瀾。
僕輩歡呼舟子笑，不知何故邀平安。
勞勞道路爲王事，險難當前原不避。
置之死地而後生，無乃天公試吾意。
雨窗追想復驚疑，此事未必皆神奇。
若非忠信涉波客，汨羅明日尋江蘺。

前代

興亡前代已成空，事後追思恨不窮。
大府窖金君告匱，平民殺賊將邀功。
忽然拜爵身紆紫，幾輩監軍血染紅。
剩有犯颜强諫士，縱非龍比亦孤忠。

重陽偕幕僚天寧寺登高

雲山四面護城隈，爲賞清秋特地來。
萸實也隨佳節佩，菊花還似故鄉開。
消磨宦海雙蓬鬢，談笑天涯一酒杯。
傍晚西風動林木，澹烟吹雨下高臺。

銅雀臺鴨爐爲陸敏齋題

二千年鴨飛不起，臺上青娥長老矣。

伸頸張翼如欲言，爲説當日東閣裏。
老瞞夜煉首山銅，截斷漳流駕彩虹。
十萬貔貅森列衛，三千粉黛貯離宫。
閣外羽書日旁午，閣内黄金教歌舞。
慷慨煮酒論英雄，涕泗分香憐兒女。
百尺高臺望若仙，珍珠簾下共争妍。
臨水看花朝倚檻，舉杯邀月夜開筵。
誰知轉眼爲陳迹，一炬咸陽同嘆惜。
篝褥香消爐火紅，蒼苔紋蝕土花碧。
相州城外景凄凉，多少征人吊夕陽。
誰向豐城求寶劍，偶從赤壁得沈槍。
片瓦猶聞傳不朽，如此斑斕誠罕有。
嗜古君將什襲藏，賞奇我亦摩挲久。
醉酣起向寶鴨呼，西陵松柏已荒蕪。
不知臺上古銅雀，同日沈埋今在無？

耕籍禮成歸途即目

春祈遥指小城西，滿徑花飛逐馬蹄。
漁子網鮮來早市，農夫驅犢下新泥。
修篁效我吟聲細，雛柳迎人舞態低。
惆悵王孫歸未得，天涯聽遍子規啼。

戎州道上

催歸杜宇滿林柯，又乘巾車度澗阿。
谷口桑麻秦父老，堠邊戎馬漢山河。
人慚冀北空群少，我笑終南捷徑多。
一曲滄浪歌孺子，濯纓曾不失清波。

夢

夢境無乃幻，夢理誠非虚。

耳目心思無用處，栩然吾自見真初。
黄粱一夢頃刻度，世人枉被神仙誤。
乾坤亦自有晦明，歲時豈能廢朝暮。
可恨金鷄倏一鳴，紛紛義利從此争。
聖賢功業今何在，奸雄事迹空留名。
不如一夢守混沌，渾然天理無虧損。
却似元黄未判中，萬事於此見根本。

南廣乘舟

霏霏絲雨散江潯，放纜輕舟坐晚陰。
草短谷鶯初試語，波平眠鷺不驚心。
烟波遲我三年願，風物供人半日吟。
自笑終朝惟肉食，何妨此地滌塵襟。

苦熱

金烏曬翅扶桑紅，羲和流汗奔長空。
一足商羊不能舞，陰陽炭熱燒穹窿。
納凉庭院生炎霧，百獸喘伏禽不度。
火燎郊原草欲枯，河流膠淺行舟住。
斗城適居山之陽，流金爍石誠難當。
長吏清心雖自許，那禁晝夜如探湯。
官廨寥寥訟牘寡，懶著冠履樂休暇。
手揮羽扇不生風，竹榻屢移濃蔭下。
曾記昨年雨澤饒，清凉不覺袪煩囂。
今歲亢陽何太甚，三庚無日非炎歊。
逃暑不能且思避，差喜尚無熱中意。
祇須滌此冰雪腸，自引清風入午睡。

四時漁歌

其一

垂楊緑盡萬千條，跳子魚兒上早潮。
携得半籃香餌去，落花多處駐輕橈。

其二

拂面涼風蔭碧槐，釣綸垂處翠蘋開。
停眸忽見荷莖動，知有修鱗掉尾來。

其三

燕子穿梭水面飛，蘆花風緊澹斜暉。
絲竿挂起沙磯冷，黄葉村邊買酒歸。

其四

雪花如掌撲孤篷，蓑笠重重壓曉風。
食客但誇冰鯉美，可知凍煞住江翁。

三江峽

三江匯峽口，初到如争長。
一怒作吼聲，山空愈聞響。
兩壁如削平，峻絶少人上。
草木謝芟伐，年年自滋養。
小舫似鰷魚，石罅穿混瀁。
飢鷺立奔湍，驚起飛三兩。
上視一綫天，白雲接蒼莽。
方愁出峽難，轉瞬倏開朗。

查場宿古寺夜雨

野人無供帳，假憩梵王宫。
壞壁穿零雨，寒燈颭細風。
萑蒲思盡淨，杼柚慮常空。
多少勞心事，深宵反側中。

過劉上舍家

桂溪橋畔藕花洲，今日重過始遍游。
窗叠奇峰含古意，階疏活水涌清流。
琴聲韵瀉莎庭雨，劍氣凉生石壁秋。
黄葉落殘歸路晚，夕陽山徑幾回頭。

曉起看山

開山纔辨衆山形，一抹蒼烟叠畫屏。

好似五更殘月裏，幽人清夢未全醒。

雁字

其一

萬里長風健羽毛，鸞飄鳳舉共翔翱。
隨時點染雲霞幻，到處留題翰墨高。
筆陣翀霄穿月練，硯池倒影瀉霜毫。
笑他咄咄書空客，徒坐蓬蘆首自搔。

其二

一行纔度大江濱，揮洒高空勢逼真。
題咏慣當爲客地，飛騰原是識書人。
畫沙有迹朝朝换，垂露無聲字字新。
早向望夫臺下過，莫教音信滯風塵。

初，日者推余星命，五十歲前雖稍貴而不富，五十後秩可加囊，亦漸裕。今將屆五十，回憶半生，罔不窘急，及一官匏繫，叢債如林，術人之前言信矣，未知以後能驗否耶

丈夫而似朱翁子，行年今將五十矣。差勝未及樵深山，老妻甘貧無怨訕。一官承乏十一年，清風兩袖何蕭然。來宰山城勤撫字，孤囊羞澀劉寵錢。蕞爾之區靡所有，悔却從前謀升斗。爲貪而仕仕而貧，錚錚不肯易吾守。頻年稱貸叢如麻，追逋時至聲喧嘩。無以補瘡惟挖肉，每因搪水始抓沙。衣大布衣食粗粒，回首家園徒壁立。喬林未必無鶯遷，涸轍只堪同鮒泣。吁嗟乎，點金之術窮，買山之願空。

而今五十成衰翁，髮頒白兮視朦朧。
心力既竭兮，孰諒余之苦衷。
茫茫後路叩蒼穹，過此以往兮，庶其機轉而運通。

秋晚山家

門前曲澗水潺湲，掩映高篁屋數間。
夕照將殘啼鳥去，白雲紅葉滿秋山。

長寧縣

其一

一城如釜底，四壁列高峰。
雨過莎庭静，雲生竹廨封。
市稀閑肆僧，穀賤飽山農。
官署鄰諸寺，深宵卧聽鐘。

其二

寶屏山上望，亭址失登雲。
土蝕武侯鼓，松荒司馬墳。
地靈鍾俊彦，俗厚重耕耘。
遥接滇南路，鑾烟六詔分。

其三

莫笑彈丸小，荒陬景物嘉。
堆盤尋澗石，洗插摘山花。
舊壘多栖燕，深田早噪蛙。
秋風蘭芷發，香滿野人家。

其四

遠帶山爲郭，朝朝擁畫圖。

香楠森翠幹，鮮荔綻紅膚。
炊飯喧兒女，栽花課隸奴。
秋來收薏實，紿客説藏珠。

其五

澗底花無數，春山笋蕨香。
野田浮鴨緑，深樹露鶯黄。
遠汲葡萄井，高圍薜荔墻。
終朝理詩卷，不僅簿書忙。

其六

博得閭閻樂，弦歌近二年。
開門雲擁壁，放棹月來船。
愛客留長飲，聽禽罷早眠。
自籌清俸少，僅足買書錢。

其七

訟簡身多暇，書齋自拂埃。
彈琴尋指妙，琢句費心裁。
客送山鷄至，兒騎竹馬來。
午餐欣一飽，小坐傍花開。

其八

看鏡吾衰矣，蕭蕭指二毛。
文章新卷帙，身世舊綈袍。
常有追呼擾，差無案牘勞。
石梁回首處，不復畏風濤。

其九

舊日疏狂態，官居久不勝。

摩挲惟劍鋏，依戀是書燈。
白水須常鑒，青山欲盡登。
三年多報最，自愧百無能。

其十

宦海茫茫耳，天涯一客星。
百年分歲月，五載别園亭。
病雜醫頻換，思煩夢亦零。
蕉窗深夜雨，清響許誰聽。

長寧八景

其一　寶屏秀色

森森雉堞傍崔嵬，如畫屏風對面開。
百仞青懸雲外出，四圍翠繞水邊來。

亭臺花木餘仙迹，戎馬河山剩戰堆。
我亦彈琴長對此，莫教寶氣久沈埋。

其二　筆架文峰

如椽誰把一枝擎，秀削居然列管城。
終日雲烟隨意寫，千秋翰墨讓天成。
舞毫疑作摩崖勢，落紙如聞擲地聲。
莫笑中書頭易秃，年年架上有花生。

其三　嘉魚清泉

飽含沆瀣出山空，興寄濠梁樂意同。
眼底清流曾有幾，源頭活水本無窮。
鳴琴韵瀉千林雨，煮茗香生七碗風。
何日朝衫能脱却，溪邊添我釣魚翁。

其四　桃源仙洞

桃花曾引捕魚人，聞有仙源又問津。
童叟諒非秦代客，溪山猶似武陵春。
岩腰霞燦千株樹，洞口雲封十丈塵。
愧我浮名羈絆甚，攀蘿無分去朝真。

其五　淯井晴烟

蕭蕭古竈舊湮沈，曾見晴烟罩遠林。
碧合雙溪迷渚岸，青連群嶂接城陰。
當年共作調羹待，此日誰將廢井尋。
喜并太平烽火熄，不嫌翳障望遥岑。

其六　棫山霽雪

松石迷濛路不分，山山陡化玉爲群。

澌添曲澗縈回水，凍合空岩黯澹雲。
頭白最宜看晚景，骨蒼猶足伴朝曛。
新詩坐對梅花發，消受清光我與君。

其七　石笋削岩

劈空誰劃兩三峰，半夜開門見籜龍。
密豈渭川千畝列，雄真函谷一丸封。
凍雷催出雲根壯，曉氣蒸來露葉重。
欲向禪關參玉版，遥聞高寺有疏鐘。

其八　涇灘瀑布

兩壁危峰夾畫船，高從絶頂見流泉。
銀河倒瀉傾三峽，珠浪齊飛下九天。
影暗猶隨星月落，聲宏如挾雨雷穿。
誰將匹練横空布，待我淋漓大筆傳。

雨中送郭蒓香返高陽有序

今上御宇之二十二年，信陽生銓高陽宰。越二年，蓼溪生由外補湞州。二治皆隸戎州，郡相距二百里，在萬山之中，澗谷深邃，林木叢雜。其民龐樸而少文，風土差相近也。宰於斯者，苦岑寂，無絲竹、賓客、樗蒲之樂。間日一聽訟，聽罷輒無事。地瘠苦，囊橐屢空，治行期報最久不調。又皆秉性傲岸，不隨流俗爲俯仰，故常鬱鬱居於斯。一日，信陽生過蓼溪生曰山中人。山中人，尺蠖之屈也，胡不求伸？蓼溪生曰，彼山有徑，彼水有橋，我不彼往，彼安我招。於是相顧嘘唏，復相視大笑。信陽生携其詩卷而去，蓼溪生亦抱膝長吟，將終老岩穴而不出焉。

遠峰如削近峰平，芳草芊芊緑到城。
昨夜琴尊消畫燭，今朝風雨送行旌。
莫因伏櫪輕良驥，何必遷喬羨好鶯。
從此相思寄烟水，十三關外隔吟聲。

灘聲

狂濤遇隙即奔投，拗石橫撑不放流。
日夜喧争無止息，大聲吼遍古今秋。

陣馬

一樣沙場萬里行，將軍相愛置前營。
世間豈有孫陽眼，僥幸駑駘浪得名。

飛螢

幾日依依腐草叢，一朝追逐趁秋風。
自家光焰能多少，敢向樓臺耀晚紅。

螗螂

密業深藏暗伏機，鳴蟬補盡一身肥。

有時含怒來當道，也學人間斧鉞威。

鯨魚

巨鯨鼓鬣海波渾，鱗介紛紛肆口吞。
同是天公生育物，如何供汝養兒孫。

犢兒

雙雙健犢戲山坡，繭角端然色不訛。
此後定爲郊廟用，深田老牯苦辛多。

五十述懷

行年今已届知非，烈烈聲稱與世違。
流俗相皮千里溷，達官食肉一身肥。
力追杜老吟懷壯，心慕陶家宦味稀。
多少風塵頭白客，青山能說不能歸。

六朝

其一

幾人英武幾人才，戎馬叢中磨煉來。
不及兒孫多富貴，江南無數好樓臺。

其二

江山秀發毓群英，多少才華誤一生。
最是傷心元圃内，寒燈秋雨哭昭明。

其三

君王殿上拜浮圖，争捨身家摩頂呼。
萬姓果能齊證佛，後來還有一人無。

其四

鑿地蓮花佐步摇，臨春結綺貯嬌嬈。
至今香塚歸何處，只有青山見六朝。

近狀

其一

山城情狀近何如，慚愧頭銜二載除。
斂翅秋蠅依竈壁，畏途老馬負鹽車。
遂初却之抽簪計，避債常修緩頰書。
四十九年渾似夢，不堪回首問華胥。

其二

夾道荆榛與目齊，未凌高頂少攀躋。

空囊羞澀蚨難返，大厦荒凉燕尚栖。
猶記恩承金殿北，何曾身到玉關西。
君親以外無他憾，老泪當人不肯啼。

入蜀

巫峽數峰雲，峨眉千古雪。
年年望帝魂，啼盡心頭血。

題劍南十二

其一

才人做事有千秋，半壁西南控上游。
勒馬關門春樹曉，白雲頂上望高州。

其二

河山表裏起雄圖，一面能當百萬夫。
嘆息岩疆都不管，漢家終歲困匈奴。

其三

風雲長與護嶕嶢，勒石名山永不銷。
他日劍南搜古迹，籌邊重見李文饒。

其四

功業文章照汗青，倪迂妙筆寫雲屏。
畫圖載向歸舟去，説與申陽父老聽。

寄慨

平仲分財後世傳，可知三族亦多賢。

當時若有揮金輩，微禄安能欲壑填。

出門

凉夜不成寐，晨聞驄馬鳴。
兒童牽衣袖，涕泗要隨行。
積雨涇衢巷，父老捧瓶罌。
諵諵頌德政，執爵難爲情。
高柯墜落葉，斷橋流水清。
非予畏行役，奈此秋風生。
王事耻偃仰，懷安實敗名。
勿爲臨歧態，揮鞭自出城。

定遠署産嘉蓮，始一萼二花，繼三花，定遠令李静亭秋闈共事，出圖徵題爰成二絶

其一

交影連枝相對開，華萃嘉瑞兆池臺。
料知人鏡芙蓉裏，定有雙珠入轂來。

其二

圖上曾觀并蒂鮮，誰知愈出愈呈妍。
一苞巧作三分樣，又見人間品字蓮。

分校竣事

其一

襟懷猶似在山清，天定窮通未可争。
與世無功原贅物，教人知我亦虛名。
歸心久逐陶彭澤，狂態全消阮步兵。
夜坐無言巾幘散，青燈照慣老書生。

其二

月輪三度御纖阿，鏁院深沈夜自哦。
儘引才人乘駟馬前兩科房薦有捷南宫者，自慚老婦畫雙蛾典試强余擬程。
半床葉落驚風早，一瓣香延入彀多。
文字因緣應有定，他年留與話烟蓑。

落卷

飄殘桂子下高空，頃刻升沈便不同。
安得分身爲廣厦，但防交臂失英雄。
混入五色迷離眼，待汝三年簡練功。
寄語芙蓉江上客，莫因摇落恨西風。

薦卷

標榜何嘗有定評，丹黄入眼自分明。
全憑大力能推轂，只要平心好握衡。
清夜聞香尤旖旎，流雲吐月倍晶瑩。
青萍結緑渾難識，薛卞門前寶氣生。

中卷

附鳳攀龍十一篇，霓裳新咏集瓊筵。

經天培養爲君舉，入我門墻賴爾賢。
萬里程開誇鶚薦，三春信到眄鶯遷。
岷峨秀氣今多少，寫續淵源録後編受業諸弟子及兩次所得士訂有淵源録。

和徐稼生典試秋闈即事原韵

其一

西風頃刻判榮枯，筆洒清秋點露珠。
今日芙蓉花下望，江頭還有未開無？

其二

五花過眼太彌漫，欲取先從欲弃看。
多少心肝多少泪，采蘭容易闢榛難。

其三

手提風雅近光人典試上書房行走，皎皎冰心不染塵。
自是蜀中文字福，又留星使住三春典試留任學政。

其四

十年三度勵初心，幸托龍門遇賞音。
敢向文壇稱巨眼，鎖闈偏我受知深。

九月十三日無題

海上蒼奴控馭回，馬頭阻我赴蓬萊。
三千弱水翻波急，恐是神仙歷劫灰。

夜行山中遠莫致火與子屢蹶作此

駒光匿影太匆匆，絶壁巉岩一徑通。

野寺鼓聲雲外落，遥天星火樹梢籠。
不堪身試蒼黄地，無數人行漆黑中。
嘆息柴門高卧客，梅花紙帳聽飛鴻。

丁未元旦紀事

一色泥金貼户新，家家尊酒洽鄰姻。
如瞻太古敦龐象，禮讓相崇此數辰。

涇南道上

言指涇南路，晨興出畫城。
刺篙春水淺，移帳遠山横。
人物皆還樸，天公正放晴。
野氓知拜跽，共集使君旌。

花下

雖因貧病消詩骨，聊借溪山慰客心。
抛却簿書花下坐，頳唐白髮對花吟。

春社後一日招僚幕飲天寧寺分韵得雨乍二字

其一

飛蓋駐層巒，清尊對遥浦。
落花猶在林，嫩葉初經雨。
四山插天青，一一絮雲吐。
試問來游人，誰復涉城府。

其二

衆緑浮几筵，古蘚上臺榭。

終朝理簿書，見景渾如乍。
已開北海尊，未返東山駕。
嘯咏倚春風，瞑烟暗僧舍。

次日劉學博又增三韵分得風字

去年招集此城東，勝日飛觴樂事同。
岸柳滴垂經夜雨，岩花開到幾番風。
故侯廟在丹青古寺前爲柳侯祠，嘉客詩成藻繢工。
騶導忽鳴官鼓動，尋芳歸去又匆匆。

點團

連阡接陌布星文，矛戟重重迓使君。
有勇知方侯國體，同仇偕作野人軍。
心期堂下桁楊静，威懾山中虎豹聞。
安得四郊無擊柝，行輿到處看祥氛。

晚歸即景

雜花開落滿山蹊，歸徑斜陽逐馬蹄。
高嶺俯環城堞近，澹烟横抹樹林低。
行吟詞客腸頻索，帶醉游人手共携。
回首蒼崖懸百尺，半天霞彩護雲梯。

和柏雨田太守凌江留别原韵

其一

一處歡然一惘然，江天海國兩重緣。
公將大造東西福，帝乃真知召社賢。
烟火萬家無擊柝，旌旗滿部有歌弦。
涇南記説彈冠事，已作甘霖十七年。

其二

琴鶴追隨寵不驚，盟心白水倍分明。
揚帆敵散鯨波靖，叱馭人來鳥道平。
小草近滋郇伯雨，甘棠遥指越王城。
九重簡在留難久，準備新詩再送行。

舊硯

青氈緑帙結相知，花底携來月下隨。
半世心情憑我訴，一官滋味是君貽。
千磨萬折終難變，畫角描頭恐不宜。
他日傳家還賴汝，端方厚重可常師。

五月十一日自郡歸住兩江口

晚景堪吟望，柴扉傍水開。

歸雲尋洞入，野火跨溪來。
守黑安吾拙，飛黄喜子才时闻兒子捷南宫。
呼童酤酒至，對月久徘徊。

送劉坦齋學博歸射洪

其一

爲戀蒓鱸美，因辭苜蓿盤。
秋風吹白髮，落日下涇灘。
宦轍驚心早，離筵話别難。
讀書臺上石射洪有陳伯玉讀書臺，此去好重看。

其二

化雨涵濡久，膠庠共挽車。
歸囊無别物，傳世有新書君新刻文稿。

洛社人方待，蘇湖道不疏。
送君翻自嘆，何日叩吾廬。

山行

羊腸幾度走鞭絲，又見秋山入暮時。
空外白雲隨日捲，樹頭黄葉隨風嘶。
半生浪迹浮萍慣，薄宦深情倦鳥知。
矯首登高一吟望，荒烟漠漠起相思。

重陽後六日招僚幕登高夜飲

其一

風雨連朝客未來，重陽節後一登臺。
不知江岸楓全染，纔見山畦菊半開。

其二

杜陵踪迹長爲客，宋玉心情易感秋。
明月滿山清興發，渾如庾亮在南樓。

悼蔡幕亡姬

麻姑一降即迴車，寂寂妝臺冷鬢鴉。
幕廠青蓮誰是伴，村栽紅杏即爲家姬葬杏花村。
因緣空眄三生石，消息真同頃刻花。
我亦傷心前度事，香魂九載殢天涯篷室張孺人歿於剛氏官舍，今九年矣。

放舟南廣借以自嘲

沙邊鷗鷺笑相迎，問我頻年仕宦情。
豈爲豆充猶可戀，抑因民借不容行。
讀書未必真能誤，涉世何勞苦自明。

記得門前題鳳字，至今已作上林鶯。

與蒓香同渡

天涯郭李又同舟，携手河梁話舊游。
堪愧而今猶百里，相期以後各千秋。
雲烟過眼原成幻，傀儡登場尚未收。
歧路匆匆人各去，夕陽分照兩山頭。

病起赴各鄉捕盜曉行即事

其一

在我夫何戀，於人難漠然。
未辭今日綬，重策亂山鞭。
日色酣新霽，春光老野烟。
夜來清恙減，風露聳吟肩。

其二

聞有豺狼竄，因聯鵝鸛群。
斜崖高樹直，獨澗衆畦分。
百歲誰知我，千身莫報君。
憂虞渾不問，供職且宣勤。

數月以來陰雨過甚感而有作

天漏何曾見霽暉，山城長著禦寒衣。
濕深草坂群蛙聒，香冷蓮塘一鷺飛。
雲霧半空誰盡掃，泥塗滿路未能歸。
披蓑想到漁翁樂，不管陰晴守釣磯。

送耗神

空谷窮山神所游，胡爲使我膺百憂。

暗中磨折春復秋，我將憊矣神應休。
香燈送神歸荒邱，仰天大噱破吾愁。

逐窮鬼

睒睒其目空空手，權勢之門避而走。
依我直爲逋逃藪，削桃爲劍逐群醜。
我將從此致富有，任人呼我錢虜守。

于役涇南半月言旋途中即事

從事風塵遽獨賢，歸裝重度舊山巔。
當頭古塔迎殘照，轉眼孤村起晚烟。
野景迷茫鴨陣外，宦情冷落馬蹄前。
寒梅享盡逍遥福，冰雪空林不改妍。

有感

五十光陰已夕暉，天涯薄宦不能歸。
可憐嘔盡心頭血，祇爲他人作嫁衣。

除夕立春

天涯一樣慶嘉辰，柏酒椒盤樂事新。
四壁燈花人守歲，滿城簫鼓夜鞭春。
龍迎青帝來蒼野，鳳集丹書下紫宸。
薄海小臣恭珥筆，熙熙同作太平民。

附録

布政使銜署湖北按察使原任督糧道愍肅李公墓志銘

王柏心

公姓李氏，諱某某，字某某，河南光州人，係出明岐陽王後。國朝有官秦隴者，遂家肅州。高祖從先曾祖仕，祖雲奎，甘肅寧夏守備，官都司，死金川事，祀昭忠，世襲雲騎尉。曰雲福者，其伯祖也。考殿元，廩貢生，蔭世職。三世皆以公貴，贈如公官。初守備，公官寧夏，與觀察河南吴公相善也。見贈公，愛之，乞爲己子，挈歸從吴姓。長，乃知爲李氏子，客自酒泉來，爲道本宗。父母下世，兩兄皆武舉，亦先後没絶，世無旁支，心大慟。即徒步走肅州，訪先墓，得之，呈歸本宗。以本貫應舉，或竊易其卷得雋，終不自言。後用蔭以守備效用昭勇侯楊公督陜甘，在西陲辟入幕府，至永昌道卒，留葬祁連山。公之在妊也，吴公室周恭人夢蓮萼降自空，及公生，异香滿室。六歲解賦詩，以神童名。贈公有子二，長寶相，次即公。念吴氏誼，命仍爲之嗣，故自補弟子員，領河南解，猶用吴姓。後乃改歸本宗，更今名云。

道光乙未，以大挑一等分發四川。家貧，羅太夫人春秋高，奉侍入蜀，得遂禄養，意甚甘之。

權江油，逾年遭太夫人憂，去官。服闋，權郫縣，補長寧，兼理高縣，調金堂、華陽，皆有异政。在江油，值大旱，輒發倉米平糶，民以不飢。秋大熟，納米者加嬴焉。在郫，禮布衣孫鉷，就之咨政，考故事，請春秋，祀古蜀王蠶叢杜宇祠墓，後遂著爲令。在長寧，教民植桑、收野繭、墾荒確、種竹木，民倚其利。土宜稻者，予種蠲租，勸使悉耕爲沃壤。金堂、華陽之治至，號爲道不拾遺，夜不閉户。其爲政，大興教化，勵俊髦爲先。治獄必以情，不厲威嚴而摘發如神。鄰境劇盗，分捕弗能得者，公輒得之，盗皆慴伏散走。公見承平久，恬熙相狃，慮變生意外，所至必繕城郭，治戎器，詰奸宄，逐游惰，尤講求保甲團練，推行十家牌。户有籍，丁有册，按行稽核，就决争訟。民業某事，鄰爲某姓，名隨舉之，無一誤者，人驚爲神。制府徐公見其保甲章程，大善之，通行全蜀且上之朝，薦爲蜀中循良第一，考滿遷瀘州。咸豐元年，以薦入都，召對勤政殿，奬勞甚渥，賞加知府銜，授雲南臨安府知府。召集土司宣布威德，皆奉約束唯謹。

自粤氛作，公深憂之。聞東南淪覆，益憤嘆，鬚張眦裂，思捐軀討賊。二年，調湖南岳州，改湖北黄州，權荆宜施道。荆，雄鎮且要衝也，至則檄所部亟行團練。期三月，皆如令。沙市舊有社丁，因集而練之，設守禦甚嚴。擢湖北督糧道，倍道至鄂，則制府吴公戰死堵城，衆凶懼，公日夕乘城，仍示以鎮静。四年正月，按察使唐公樹義戰殁金口，公權臬事，或勸出促外餉，公謝，蓋死守之志决矣。賊聯舳艫，蔽江漢如織，鈔略不絶。漢陽七十二堡結團誓殺賊。公白撫軍，請簡驍將渡江約義民攻賊，必勝。不意所遣率孱弱，竟無功。公别遣川勇往焚賊壘，奪賊戰艦歸。賊益進逼，大帥軍德安不前。公遣弁縋出告急不應，請撫軍分兵迎援師，定計夾攻，亦不果。籌剿賊大計條四十議上撫軍，略言擁兵者藉口防北竄，不知保江漢乃防北竄也。他日奏詞飾戰捷，是自緩援師也。今請據實疏陳，上知其危，飭援必速。不見用，由是外援絶。時郭門之外皆賊區，饋餉久梗，戰士日得勺米，錢二十，撫軍憂惶無策，猾將佞吏乘間沮撓。公遇事争，多陰相扼者。請發倉粟予軍士，則糧支三月；因滇銅鑄大錢，餉足敷一月；又請出銀券，募冒圍迎餉者，一切格不行。士卒乃有潰志。會撫軍納人言具疏移師就餉，方集議，公憤甚，援筆抹去『移師』語，大書『闔城殉難』四字，擲筆大哭。間日賊至鷄窩，撫軍議出迎戰。公知將弁借爲逃計，力沮不聽。師出果奔，賊乘之，將士皆逸，城上兵亦縋而遁，撫軍爲衆弁擁之出城去。賊攀縋上，公方巡北門，見城上張賊幟，蛇山火起，知事不可爲。或勸急隨撫軍行，公曰：『家世忠貞，受朝廷厚恩，父子任監司，非死不足報國。』步還寓，題絶命詩，北向再拜，赴宅後池，揮侍者入，婢媪繼之。公躍入良久，昏絶，家人舁出，至夕蘇，登樓自經死。今夫鄂雖危蹙，然尚有士萬人，穀六萬石。賊謂吾旦夕下，越之犯湖湘，引衆連檣西上。留守者，特剽掠之徒。誠用公策，募死士渡江擣之，輜重舟艦可襲而虜也。彼聞而遽返南楚，追師乘其後，我擊其前，當是時，賊可盡殄。釋此不圖，束手拊膺，至相率爲弃城苟活計。嗚呼！公抱田單墨翟之智，扼腕莫施，徒以一死明孤忠，此尤可痛也已。

其後公子孟群，聚軍從少司馬曾公連戰破賊，先克鄂城，縋而入覓公，得之面如生，距百二十日矣，炎暑中蠅蚋不犯，賊亦不加殘毀。曾公上公死事狀，有詔視道員賜恤。制府楊公又疏言遺骸無恙狀，上惋悼，詔加布政使銜，以布政使從優賜恤世襲騎都尉，敕建專祠諭祭奠，賜謚潛肅，蓋異數也。公軀幹偉然，方瞳修髯。於書無不讀，雖歷官未嘗廢著述，有《西園詩鈔》及《外集》，皆已刊。他文詞著録，遇難多佚。

公生嘉慶丁巳閏六月十四日辰時，其殉節也，以咸豐甲寅六月初二日，年五十有八。配胡夫人，生女二。簉室張夫人先公卒。子五，長孟群，張夫人出，道光丁未進士，廣西即用知縣，洊升至安徽布政使，以軍功賜珠爾杭阿巴圖魯名號，賞戴花翎。次孟平、孟翔、孟揚、孟康。女若干人。孫二，長閬，次閞。孫女一，孟群出。孟群以某月日葬公於某原，來請銘。公琦行不勝書，書其大者。嗟乎！天下守令盡如公，大盜不起。節鎮盡如公，金湯可無警。銘曰：

臨難不避，志何决也！庸夫比肩，宜杌陧也。致命遂志，臣之節也。有子復仇，邦之杰也。稠恩縟典，揚馨烈也。浩氣耿光，若日星揭也。刻銘其幽，天柱無折也。